KB102230

제주 올레,

나를 품고 세계를 만나는 길

제주 올레, 나를 품고 세계를 만나는 길

발행일 2016년 9월 9일

지은이 장 평 권
펴낸이 손 형 국
펴낸곳 (주)북랩
편집인 선일영 편집 이종무, 권유선, 김송이, 안은찬
디자인 이현수, 김민하, 이정아, 한수희 제작 박기성, 황동현, 구성우
마케팅 김회란, 박진관, 오선아
출판등록 2004. 12. 1(제2012-000051호)
주소 서울시 금천구 가산디지털 1로 168, 우림라이온스밸리 B동 B113, 114호
홈페이지 www.book.co.kr
전화번호 (02)2026-5777 팩스 (02)2026-5747

ISBN 979-11-5987-221-1 03810(종이책) 979-11-5987-222-8 05810(전자책)

이 도서의 국립중앙도서관 출판예정도서목록(CIP)은 서지정보유통지원시스템 홈페이지(http://seoji.nl.go.kr)와 국가자료공동목록시스템(http://www.nl.go.kr/kolisnet)에서 이용하실 수 있습니다.
(CIP제어번호 : CIP2016022060)

제주 올레에서 새로운 길을 찾아가는
40대 가장의 지극히 사적인 사유

제주 올레,
나를 품고 세계를 만나는 길

장평권 | 글 · 사진

까치돌고래,
소나무를 만나다.

북랩 book Lab

올레길을 걸으며 지나간 추억의 단상(短想)들을 특별한 논리적인 흐름 없이 옴니버스식으로 나열하였다. 개인적인 삶을 통해 의도적으로 여러 가지 사건과 인물에 대한 비판을 드러내려고 한 것은 아니다. 다만, 지극히 사적인 경험들을 공론으로 끌어내어 아름다운 추억과 아픈 상처를 공유하고, 우리 사회에 대한 비판을 통해 변화의 희망을 지저귀고 싶었을 뿐이다. 또한, 나를 있는 그대로 받아주고 견뎌준 사랑하는 아내와 아들 그리고 형님과 부모님을 생각하며 글쓰기를 마무리했다.

Prologue

나는 시인이다. 20년 넘게 시를 썼지만, 한 번도 시를 발표한 적이 없는 시인이다. 물론 치기어린 감정의 끄적임이 대부분이지만, 당당히 나를 대한민국 시인이라 소개하고 싶다. 골목길 어귀에서 비틀거리며 뱅뱅 도는 하늘을 향해 욕을 하다가 전봇대 옆에서 눈물, 콧물을 토해내는 삼류 시인이다. 과거에 겪었고, 현재에 겪고 있는 아픔을 향연(香煙)에 날리고 미래의 희망을 지저귀고 싶은 시인이다.

언젠가부터 사람들에게 상처 주는 말과 행동을 가리지 않게 되었다. 남에게 싫은 말을 못 하고 기꺼이 주변 사람들을 도와주던 순수한 마음에 상처들이 싹트고 걷잡을 수 없이 돋아났다. 강한 자에게 굽신거리고 약한 자를 짓밟는 본성을 드러내는 사람들에게 나는 약한 자였다. 강한 자로 보여야 더 상처받지 않을 것이라는 생각이 지배하면서 눈에 힘을 주고 얼굴에 근육을 단련했다. 받은 상처를 되돌려 주지 않으면 억울한 마음에 병이 생겼다. 울긋불긋 날카로운 가시는 마음에 뿌리를 내리고 피부 밖으로 솟아나 있었다. 비정한 세상에서 패배하지 않기 위해 몸부림을 쳤으나, 결국 생채기투성이로 막다른 골목에 서게 되었다.

한낮의 타는 듯한 태양의 기운은 약해져 가고 그림자가 길어지는 어느 길목에서 주저앉아 온몸을 구석구석 핥다가, 다시 추스르고 일어나 길을 찾기 시작했다. 마음속에 헝클어진 추억을 차곡차곡 정리하고 그 위에 희망을 짓고 싶었다. 제주 올레길 1코스부터 21코스까지 순서대로 걷지는 않았지만, 끊어진 길 없이 제주도 한 바퀴를 두 발로 만나 보았다. 스스로를 발견하기 위해 홀로 걸으며 완주하려 했으나, 걸을수록 같은 길 위에 서게 된 사람들의 추억이 궁금해졌다. 사람들과의 짧은 만남은 홀로 걸어가는 이방인에게 너무 강렬해서 헤어짐을 아쉬워하는 가슴앓이를 하기도 했다. 언젠가 길 위에서 다시 만나자는 말만 남긴 채, 각자가 선택한 길을 향하여 기약 없이 멀어졌다.

생각에 빠져 걷다 보면 가끔 길을 잃을 때가 있다. 그때마다 길을 다시 찾기 위하여 왔던 길을 되돌아갔다. 올레길 이정표인 바다색과 감귤 색의 리본을 다시 발견한 그 자리에서 길을 찾을 수 있었다. 그러나 인생에서 길을 잃었을 때는 안타깝게도 되돌아갈 수가 없다. 다시 되돌아갈 수만 있다면… 스무 살의 풋풋한 대학생으로 돌아가고 싶다. 아니, 모든 것을 다 해낼 수 있을 것 같았던 전역 직후로 돌아가고 싶다. 사실, 돌아가고 싶지 않은 과거의 순간은 없다. 과거로 다시 돌아갈 수 없기에 나는 계속 걸을 수밖에 없다. 어린아이처럼 주저앉아 발을 동동 구르며 두려움이 가득 찬 표정으로 앙앙 울음을 터뜨려도 구세주처럼 누군가 나타나 힘껏 안아주지 않을 것이다. 계속 걸어야 했다. 느리게 걷더라도 한 발자국씩 앞으로 내딛다 보면 말똥구리에게 위로를 받기도 하고, 호랑나비와 더불어 한라 구절초의 꽃향기에 취할 수도 있는 것이다.

이제는 잃어버린 길을 찾기 위해 되돌아가지 않기로 다짐했다. 뒤를 돌아보지도 않겠다. 가슴 한구석에 파고들었던 지난 고통을 한 잔 술로 동여매지도 않겠다. 추억을 상기시키는 흘러간 노래에 눈시울을 적시지도 않겠다. 과거가 되어버릴 현재를 마음껏 사랑할 것이다. 때로는 바람과 손잡고 마음의 빈 공간에 꽃잎 하나 떨구며 천천히 자유로움을 음미할 것이다. 발가벗은 채로 부끄러워하지 아니하고 사람들과 더불어 지저귈 것이다. 더럽다고 가래침을 뱉어가며 욕하지 않고, 그냥 그 모습대로 받아들이며 진창에서도 아름다움을 발견할 것이다. 행복과 불행은 동전의 양면이라는 사실을 되새김질하며, 북극으로부터 찾아온 까치돌고래는 제주 앞바다를 하염없이 바라보는 소나무와 사랑을 나눌 것이다. 공중을 향하여 힘껏 차오르는… 바로 지금.

Contents

제주 올레,
나를 품고
세계를 만나는 길

Story 2
비

Story 3
길

바람 비 길

바람이 부는 대로
미간에 촉촉하게 내려앉아
싱그럽게 속삭이듯 사르륵
날개의 펄럭임에 일렁이는 너울이 보인다.

비가 오는 대로
먹먹한 향기가 대지 위로 피어나
심장에 스며들어 혈류가 느려지고
인체의 늪은 수분으로 가득 찬다.

길이 굽어진 대로
지평선에 걸려있는 작은 점
하늘 아래 이차선의 고독
가도 가도 길은 굽어있다.

바람이, 바람이 부는 대로
비가, 비가 오는 대로
길이, 길이 굽어진 대로
바람 비 길 우(右)에 쉬다.

Story 1

바람

1코스 사진갤러리

01. 까치돌고래와 소나무

파도는 부서져도 파도이다.
집어삼킬 듯 절벽을 내려치더니
물거품을 일으키며 사라진다.
가파르게 형성된 절벽 위에는
소나무 한 그루 호올로 서서
백 년을 하루같이 일출봉을 바라본다.

북극 겨울의 뒤통수가 얼었다.
폐혈관에 고드름이 생기고
눈보라가 한 치 앞을 가린다.
꿈속에 보았던 임을 찾아
까치돌고래는 고독하게
기나긴 여행을 떠난다.

성난 호랑이의 으르렁 소리를
온몸으로 견디며 찾아온 일출봉 앞바다
힘껏 공중으로 차올라
부서진 파도를 넘어
공중에 멈춰 서는 순간
까치돌고래는 소나무와 사랑을 나누다.

사람의 기억에서 존재하는 시간과 공간의 개념은 용수철처럼 늘어났다가 줄어들기도 한다. 2010년 5월에 1코스 출발점에서 말미오름을 지나 알오름에 도착했을 때의 기억을 더듬어 보면 꽤 오랜 시간을 걸었던 것 같다. 김포공항을 출발하여 제주에 도착하자마자 득달같이 달려가 1코스 시작점에 도착한 시간은 오후 4시가 넘었다. 올레길을 걷는다는 설렘으로 시간과 장소를 고려하지 않았다. 무계획적으로 여행을 하다가 낭패를 당하기도 하지만 남들이 겪어보지 못한 색다른 추억을 간직하는 것은 또 다른 즐거움이기도 했다.

경사가 낮은 오르막길 양옆으로 낯선 모습의 밭들이 펼쳐져 있었다. 오랜 시간 걸었던 것 같았는데 올레길을 걷는 다른 여행자는 만날 수 없었고, 날은 저물어 가고 마음은 급해졌다. 주변에 소를 기르는 목장이 있어서 안으로 들어가 길을 물어보려고 했으나 목장 주인을 만날 수가 없었다. 밤길을 걷는 것도 여행자에게는 낭만적인 추억이 될 것이라는 기대감으로 올레길 여행자를 위한 리본을 찾아가며 계속 걸어 올라갔다. 고라니로 보이는 네다섯 마리의 짐승들이 나를 쳐다보는 모습에 깜짝 놀라 발걸음을 재촉하며 계속 걸어갔다.

그때는 오름이 뭔지도 몰랐다. 그냥 낮은 산이겠거니 올랐고, 길은 또 다른 길로 통할 것이라고 막연히 기대했다. 공동묘지처럼 보이는 무덤들이 돌로 둘러싸여 있었다. 이색적인 무덤 형태를 감상할 수 있는 마음의 여유보다는 혹시 귀신이나 나오지 않을까 등골이 오싹했고, 모든 감각이 곤두서는 것 같았다. 점점 날이 어두워지며 올레길 리본도 찾기 힘들었다. 언제까지 이런 길을 가야 할지 알 수 없었다. 여행도 인생의 일부인데 무계획적으로 질주했던 과거를 반성하며 암흑 속에서 걸어가는 것을 중단할 수밖에 없었다. 119에 조난 신고를 하자 소방대원이 빠르게 나를 찾아왔다. 이 시간에 오름을 오르는 사람은 없다며 가벼운 질책을 하면서도 친절하게 게스트 하우스까지 구조대 차량으로 데려다 주었다. 잊을 수 없는 추억의 조각이면서도 무모한 질주에 대한 반성의 기회가 되었다.

시흥리 마을 이야기를 담은 표지를 6년 만에 다시 보게 되었다. 제주에 정착한 지 2년이 지나고, 다시 올레길을 1코스부터 끝까지 완주하기로 했다. 조난당했던 기억과 그 후에 살인 사건이 있었던 올레길 1코스를 혼자 걸으려고 하니 마음이 내키지 않았다. 하지만 지금까지 헝클어진 사고의 실타래를 풀어서 길을 걸으며 한 올 한 올 다시 감아가고 싶은 마음으로 홀로 걷기 시작했다. 길 위에서 앞으로 살아갈 길을 찾고 싶었다.

오름으로 올라가는 길 양옆으로 펼쳐진 밭의 정경은 예전보다 좁아 보였고, 전체적인 시야가 탁 트였던 과거의 느낌과 달랐다. 몇 분 걷다 보니 왼쪽으로 펜션이 보이고, 올레꾼들을 위한 사무실까지 새로 생겼다. 오름 두 개를 오르고 내려오는 데 한 시간도 안 걸렸다. 오름 위에서 바라보는 일출봉의 모습은 그대로였으나, 1코스에 대한 시간과 공간에 대한 감각이 6년 전과는 아주 달랐다. 그때는 마치 도시 한복판에서 시간에 쫓기듯이 급하게 걸었지만, 이제는 낮은 하늘과 푸른 바다를 늘 눈에 담고 사는 제주도민으로서 여유를 만끽하며 걸을 수 있게 되었다.

제주도와 처음으로 인연을 맺은 것은 오래전 일이다. 1996년, 대학을 졸업하고 바로 대학원에 진학했다. 군대를 갔다 오지 않아서 석사 2학기 중에 병역 특례 업체를 알아보던 중, 한국통신에서 병역특례 연구직 자리가 있다는 것을 알게 되었다. 교수님 소개로 한국통신에 단기간 파견 근무를 가게 되면서 병역특례 연구직에 채용되기를 희망했지만, 얼마 후 병역특례 사원을 더 이상 채용하지 않게 되었다는 사실을 알게 되었다.
그때가 1997년 IMF 사태가 터지기 직전이어서 한국 경제 상황이 매우 불안하던 시기였다. 인터넷이 대학에 막 보급되던 시절에 모

교의 홈페이지를 처음 만들면서 외부에 이름이 알려지고, 이찬진 사장이 운영하던 한컴 매거진에도 기사 요청이 들어오면서 여기저기서 외부강의를 하게 되었다. 모교 후문에 있는 한겨레신문 보급소에서 자고 새벽에 신문을 돌렸던 대학원 생활이었는데, 갑자기 급물살을 타고 장밋빛 미래를 꿈꾸게 된 것이다.

대학교 1학년 때 집을 나와 학교 서클룸에서 생활할 때까지 나는 반지하에 살았다. 학력고사를 치르던 날 연탄가스로 인해 아침에 현기증을 느끼며 시험장소로 갔던 기억이 난다. 그때는 가난에서 탈출하고 싶은 마음이 간절했다. 그래서 어린 나이에 성공에 대한 집착이 컸다. 그러나 군대 문제로 모든 것을 스톱해야 하는 상황에 이르렀던 것이다. 일단 생각을 정리하기 위해 인천에서 배를 타고 제주도로 향했고, 제주도와 처음 인연을 맺게 되었다.

아무런 준비도 없이 아침에 제주항에 도착하니 무엇을 어떻게 해야 할지 막막했다. 다행히 제주항에서 자전거를 빌려주는 트럭이 있었다. 무작정 자전거를 빌려서 용두암, 애월을 거쳐 서귀포까지 쉬지 않고 달렸다. 애월 해안도로를 달리면서 오른쪽으로 펼쳐진 푸른 바다와 왼쪽으로 우뚝 서 있는 한라산의 경관에 매료되었다. 처음으로 제주의 이국적인 정취와 맞닥뜨리는 순간이었다. 그때 막연히 생각했다. 해외에서 많은 경험을 쌓고 언젠가는 아름다운 제주에서 삶을 정리하고 싶다고. 그 생각을 이십 년간 잊지 않고 마음에 간직했던 것은 그때 보고 느꼈던 제주가 매우 아름다웠기 때문이었을 것이다.

20년 전, 애월로 향하는 도로에서 자전거 페달을 힘차게 밟고 있을 때였다. 자전거 옆으로 지나가는 자동차에서 경적소리가 났다. 잠시 자전거를 세우라는 신호를 보내왔다. 전날 밤, 배 안에서 보았던 30대 초반의 아저씨였다. 무표정한 얼굴로 밤바다를 하염없이 바라보던 아저씨였는데, 밝은 미소를 지으며 내게 삐삐 번호를 건네셨다. 술 한 잔 사시겠다고, 여행하다가 생각나면 연락하라고 하셨다. 지금은 낯선 사람에게 말을 건네는 것이 매우 조심스러운 사회가 되었지만, 그래도 그때는 홀로 여행하는 객들이 서로 쉽게 말을 붙일 수 있는 낭만이 있었다.
며칠 후에 그 아저씨 차를 타고 이틀 동안 같이 이곳저곳을 다녔다. 아저씨는 짝사랑하던 여자가 마음을 받아주질 않아서 괴로워하던 중에 직장을 옮기게 되었고, 보름 정도 휴식할 수 있는 시간이 주어져서 제주에 내려온 것이었다. 낯선 장소에서 만난 낯선 사람이었지만 도시의 삶에서 각기 다른 고민을 가지고 제주 바다와 한라산의 품속에서 서로 상처를 어루만져 주는 시간들이었다.
그 후 아저씨는 어떻게 살았는지 궁금하다. 짝사랑하던 사람과 사랑을 이루었는지, 이직한 직장생활은 어땠는지, 결혼은 하셨는지, 아이는 몇 명이나 낳았는지, 건강하신지…. 지금쯤 오십이 넘으셨을 텐데, 이십 년이 지났는데도 가끔 그 아저씨가 보고 싶을 때가 있다.

그때는 마치 도시 한복판에서 시간에 쫓기듯이 급하게 걸었지만, 이제는 낮은 하늘과 푸른 바다를 늘 눈에 담고 사는 제주도민으로서 여유를 만끽하며 걸을 수 있게 되었다.

2코스
사진갤러리

02. 바람이 불었다

사랑하는 사람을 기다려본 적이 있는가.
가로등 밑에서
담벼락을 발로 툭툭 차면서
긴 한숨으로 어둠이 짙어가고
가끔 캥캥 짖어대는 개새끼 한 마리

그래 그때는 바람맞은 날이었다.

창경궁 매표소에서 사라진 그 사람은
다시 나타나지 않았다.
이루어질 수 없는 만남을 지치도록 끌어가면서
언젠가는 극적으로 헤어지리라 마음먹었겠지.
기다려도 오지 않는 그 사람을
한 번만이라도 더 보기를 바라면서
언젠가 바래다주었던 그 사람의 집 앞을 더듬으며 갔다.
이미 알고 있었을 것이다.
기다리던 그 사람이 온다 해도
나는 그 사람을 그냥 지나치게 할 수밖에 없다는 것을

그래 그때는 바람이 불었다.

광치기 해변을 떠나 두 시간쯤 걸어 대수산봉에 오르니 한 청년이 먼 바다를 하염없이 바라보고 있다. 무엇이 이 젊은 청년을 올레길 위에 서게 했는지 궁금했다. 보기보다 나이가 어리지 않은 스물아홉의 청년이었다. '서른 즈음에'라는 노래의 가사가 뼛속까지 파고드는 나이다. 서른을 바라보는 나이에는 결혼문제나 직장문제로 다들 고민을 하게 된다.

이 청년은 고등학교를 졸업하자마자 바로 군대에 갔고, 제대 후 호텔에서 일하다가 그만두었다고 한다. 집에서 빈둥빈둥 노는 것이 지쳐 올레길을 완주하러 제주에 내려왔는데, 앞으로 어떻게 살아야 할지 모르겠다고 말했다. 하고 싶은 것이 뭐냐고 물어봤더니, 딱히 없단다. 무엇을 이루고 싶은 꿈도 없단다. 이십 대의 나이에 비해 걸음이 상당이 느렸다. 어제 길에서 만난 친구는 하루에 두 코스씩 걷는데, 자기는 욕심부리지 않고 하루에 한 코스씩 걸을 예정이라고 말했다.

서른 살 전후에 나는 태평양 건너편에서 생존을 위한 처절한 싸움을 했다. 만일 그때로 다시 돌아갈 수 있다면… 하고 싶은 일들이 머릿속을 꽉 채운다. 같이 걸었던 그 청년에게 많은 이야기를 들려주고 싶었으나 자신의 길을 스스로 찾으려는 노력을 존중하고 싶었다. 그가 길 위에서 새로운 희망을 발견할 수 있기를 바라면서 나는 다시 걸음 속도를 높였다.

바람이 불었다…

바람이 많이 불기로 유명한 제주에서 생활을 시작한 후에야 바람의 존재를 인식하게 되었다. 제주에 여행 올 때마다 바람이 불었지만, 감정에 취해 한 번도 거슬렸던 적이 없었다. 김광석의 '바람이 불어오는 곳'을 즐겨 들으며 바람은 언제나 내게 낭만을 상기시켰다. 새로운 삶을 기대하는 바람은 제주항에 도착한 순간 거센 바람이 되어 어깨를 오그라들게 했다. 이사를 마무리하고 아내는 아들과 비행기를 타고 오기로 했고, 나는 경기도에서 해남 우수영까지 차를 몰고 왔다. 제주항에 도착하여 차를 찾아 사글세로 임대한 아파트에 도착한 순간, 바람을 온몸으로 느끼게 되었다.

제주도로 이주해야겠다는 결정을 하고 구체적인 계획을 세우는데 3년이 걸렸다. 40년 동안 생활했던 도시의 삶에 지쳐가고, 아들이 태어나면서 좀 더 여유로운 공간에서 가족과 단란한 생활을 꿈꾸었다. 살던 곳을 떠나 제주로 향하던 날, 아내는 세 살짜리 아들의 손을 잡고 부모님 앞에서 눈물을 보였다고 한다. 조금도 흔들림을 내비치지 않고 늘 나를 믿고 따라준 아내와 아들을 위해서라도 제주도에 잘 정착하리라 다짐했다.

가족 모두 제주로 이사를 간다고 하니, 주위 사람들이 하나같이 제주에 왜 내려가느냐고 물어보았다. 그도 그럴 것이 제주에 직장이 있는 것도 아니고 살붙이 한 명 있는 것도 아니기 때문이었다. 사람들이 제주에 내려가는 이유를 물어볼 때마다 나는 그저 제주에서 사는 것이 평생소원이었다고 대답했다. 제주에 내려오자마자 만나는 사람들 또한 무슨 일로 제주에 내려왔느냐고 지겹도록 물어보았다. 아름다운 제주에서 평생 살려고 내려왔다고 대답하곤 했는데, 사람들은 제주에 뭐 할 게 있다고 내려왔느냐고 경계하면서도 짐짓 걱정스러운 눈빛을 보낸다.

제주에 내려와 처음 한 달은 아무것도 하지 않고 쉬었다. 매주 하루도 쉬지 않고 바쁘게 달려왔던 삶에 익숙해서인지 그토록 바랐던 휴식임에도 불구하고 편치만은 않았다. 제주에서 우리 가족이 안정적으로 정착하기 위해 많은 노력을 기울였다. 중·고등학생들에게 국어와 논술을 가르쳤고, 대학에서 한국어를 가르쳤다. 아담한 과수원과 게스트 하우스를 운영하고 싶어서 귀농교육을 받기도 했다. 그렇게 2년 4개월이 흐르고 올레길 완주를 위해 걷기 시작했다. 길을 걸으면서 나는 불가능한 꿈을 꾸고 싶다. 인생의 후반전을 위해 새로운 꿈을 꿀 수 있다고 생각하니 가슴이 벅차오른다.

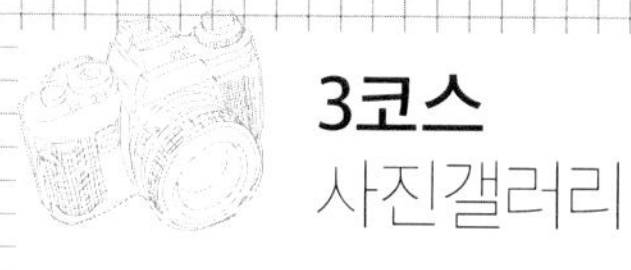

3코스
사진갤러리

03. 질주의 본능

사막 한가운데서 거칠게
질주하는 적토마를 타고
목적지를 향한 야수의 울부짖음을,
갈기는 지면과 수평을 이루며
바람이 폐를 관통한다.
빨리
더 빨리
좀 더 빨리
박차를 가한다.
동공이 확대되며 눈은
한 곳에 박혀 있다
보는 것을 볼 수 없고
듣는 것을 들을 수 없을 때
점점 느려지는 화면에서
순간 멈춤
축축함이 온몸을 휘감는다.
말도 땀을 흘릴 수 있다는 것을
말도 피를 흘릴 수 있다는 것을
이제 알게 되었다.

4년마다 찾아오는 2월 29일에 올레길 3코스를 걸었다. 중산간 지역을 걸으면서 소박하게 펼쳐진 밭을 보니, 김기림의 〈바다와 나비〉가 생각났다. 나비는 바다를 청무우밭이라 착각하여 내려갔다가 바다의 수심(水深)에 날개가 절어 공주처럼 지쳐서 돌아온다. 3코스를 걷다 보면 시에서 나비가 마음껏 이상을 펼칠 수 있는 낭만적인 공간으로 상징되는 청무우밭을 많이 만나게 되는데, 하늘과 어우러져 아름다운 색채를 발하고 있었다. 공주 같은 나비가 산들산들 날갯짓을 하며 아름다운 추억을 만들고 싶은 공간으로서, 청무우밭은 동화책을 읽을 때 느낄 수 있는 동심을 시각적으로 불러일으켰다.
제주는 나에게 유토피아를 상기시키는 공간으로 오랫동안 마음 한 구석에 자리 잡고 있었다. 회색빛으로 뿜어내는 매연과 사방에 고층 건물들로 가득 찬 도시를 벗어나 처음으로 제주의 하늘과 바다를 접했을 때 이곳은 내가 뛰어놀 수 있는 청무우밭이었다. 머리를 90도로 꺾어 올려다보지 않아도 하늘을 볼 수가 있었다. 오름의 능선과 바다의 수평선이 조화를 이루며 양옆으로 펼쳐져 있고, 불어오는 바람을 온몸으로 맞으면 알 수 없는 해방감에 도취되었다.

걷다 보니 온몸에 땀이 흐르는데 바람은 차가워 열이 오를 것 같았다. 아침에 일어났을 때 감기 기운이 있고 날씨도 추워, 망설였으나 그냥 출발했다. 한번 하기로 마음먹으면 꼭 해야 직성이 풀리는 성격이라 실행에 옮기기는 했으나, 걷는 내내 후회했다. 따뜻했던 기온이 갑자기 떨어져 체감 온도는 더 낮았다. 잠바 안에서는 땀이 흐르는데, 차가운 바람 때문에 몸이 으스스 떨렸다. 따듯한 짬뽕 국물 생각이 간절했다. 주전부리하며 집에서 편하게 쉬었으면 좋으련만, 계획한 것을 이루겠다고 혹독한 날씨에도 불구하고 기어코 기어 나왔으니, 그 대가를 고스란히 감내해야 할 것이다. 독자봉에 오를 때에는 눈이 따가울 정도로 강풍이 불었다. 눈물, 콧물 흘리며 김영갑 갤러리에 도착했을 때 함박눈이 내렸다. 다행히 고생한 덕에 눈 오는 풍경화를 추억에 담을 수 있었다.

청년 시절에 나는 본능적으로 옆도 안 보고 앞만 보고 질주하는 편이었다. 스물네 살 때 일이다. 지리산 종주를 위해 늦게 화엄사에 도착하여 날이 어둡기 전에 올라가야 한다는 부담감으로 노고단까지 거의 두세 시간 만에 뛰어서 올랐다. 그 다음 날에는 새벽에 일어나는 대로 출발하여 뱀사골, 세석을 거쳐 장터목까지 하루에 주파했고, 그것을 매우 자랑스럽게 생각했다. 그 덕에 천왕봉에 올라 삼대가 덕을 쌓아야 볼 수 있다는 일출을 보았고, 그때의 체

력과 정신력을 두고두고 사람들에게 자랑해왔다.

그 후 서른일곱의 나이에 형과 다시 지리산을 오르게 됐다. 형의 나이 마흔이었으니 그에 맞게 지리산 종주 일정을 짰어야 했지만, 과거의 자랑스러운 기억을 되살리며 13년 전의 코스와 일정을 그대로 반복했다. 90kg이 넘는 형에게 빨리 더 빨리 가야 시간 안에 계획한 장소에 도착할 수 있다고 재촉했다. 처음으로 형과 등산을 하며 즐겁게 보낼 수 있었던 시간에 온통 극기의 투지로 걷기만 했다. 결국 우리는 지리산 종주를 중도에 포기하고 하산해야 했고, 그때 왼쪽 무릎을 다쳐 한동안 계단을 오르내릴 수 없었다. 그 이후 나는 높은 산을 오르지 못하게 됐다. 지리산에서 내려온 후에도 질주 본능은 여전했지만, 그동안 타고 왔던 적토마가 병들어 더 이상 달릴 수가 없었다.

제주에 와서 요통이 더욱 심해졌다. 허리 디스크에는 걷는 것이 좋다고 무조건 걸으라는 주변 사람들의 충고를 따라 허리 통증에도 불구하고 걷는 훈련을 열심히 하였다. 제주 시내에 있는 허리 전문병원에서 장기간 치료를 받았는데 병원에서는 환자의 회복을 위해 의사와 물리치료사의 소통이 거의 없는 것 같았다. 허리가 아프면 대부분 의사는 CT나 MRI 촬영을 제안한다. 상태가 그렇

게 나쁘지 않으면 소염진통제를 처방하고, 상태가 나쁘면 수술을 권유한다. 근본적으로 허리 건강을 위한 제안이나 치료는 거의 이루어지지 않는 것 같았다.

물리치료사는 전기 치료를 통해 주로 근육을 풀어주고 간단한 도수치료를 해주는데, 오히려 환자의 상태를 악화시키는 결과를 초래하기도 했다. 물리치료사가 가르쳐 준 대로 운동을 열심히 했는데 통증이 더 심해졌다. 그럼에도 불구하고 물리치료사는 허리에 근육을 키워야 디스크가 보호된다며 더욱 열심히 운동하라는 것이었다. 그것이 독이 되어 결국 디스크가 터지는 바람에 종합 병원에서 수술을 권유받았다. 수술은 최후의 방법이라 여기고 있었기 때문에 허리에 스테로이드 주사를 맞고 그럭저럭 소염진통제로 버텼다. 그때 기도를 정말 많이 했다. 내가 고통을 토로하고 의지할 수 있는 분은 하나님밖에 없었다. 수술하지 않고 다시 정상적으로 걸을 수 있게 해달라고 잠이 오지 않는 밤마다 기도했다.

주말에 강의하는 시간을 제외하고는 온종일 누워 지냈다. 통증이 완화되고 조심스럽게 걸을 수 있게 되었고, 의사는 나에게 운이 좋았다고 말했다. 그 후에도 병원에서 지속적으로 물리치료를 받았지만 늘 불안한 상태로 크게 호전되지 않았다. 다시 한 번 구급차에 실려 응급실로 갈 때는 앞으로 걸을 수 없을지도 모른다는 절망감에 빠졌다. 다행히 허리신경주사를 맞고 다시 회복할 수 있었다. 그러나 매일 아침마다 허리를 삐끗할까 봐 조심스럽게 움직여야 했고, 의자에 앉는 것이 힘들었다.

올레길을 걸을 수 있을 정도로 허리가 회복될 수 있었던 것은 어느 한의사의 고집스런 충고가 결정적이었다. 한의사는 내가 서 있는 모습을 거울에 비추며 허리가 앞으로 쏠리고 좌우가 불균형한 상태라는 것을 보여주었다. 5년을 넘게 요통으로 병원을 들락거리며 물리치료를 받았으나 아무도 척추교정 치료를 권유한 곳은 없었다. 매번 소염진통제를 처방하며 허리에 전기치료와 견인치료만 하고, 근본적으로 요통을 유발하는 뒤틀린 허리와 골반에 대한 교정은 이뤄지지 않았던 것이다.
자세에 신경을 쓰다 보니 앉아있을 때 척추가 왼쪽으로 많이 쏠려 있는 것이 느껴졌고, 눌린 디스크에 더욱 무리를 주고 있었던 것이다. 직업상 장시간 앉아서 책을 보려고 했던 습관들이 허리에 치명적인 손상을 주고 있었다. 그 한의사는 척추와 골반의 뒤틀림이 요통의 근원이고 일찍 퇴행이 진행된다고 강조했다. 또한, 몸이 차고 신장이 약하면 위, 장 건강에 좋지 않고 관절과 디스크에도 충분한 영양공급이 안 된다고 하면서 조선 시대 사약(死藥)에 쓰였던 재료로 몸을 따듯하게 하는 약을 처방해주었다.

사실 그 한의사에 대한 신뢰는 그다지 크지 않았지만, 병원에서 수술 외에 모든 것을 다 해본 나로서는 선택의 여지가 없었다. 가르쳐 준 대로 척추교정 운동을 하면서 꾸준히 약을 복용하니 허리는 놀라울 정도로 회복되었다. 걸을 때마다 느껴졌던 통증이 거의 사라지고 허리에 힘이 생겼다. 그리고 다시 올레길 완주를 목표로 길 위에 섰다. 이제는 소유에 대한 집착과 성공에 대한 집념으로 무리하게 밀어붙이지 않고 천천히 걸을 것이다.

회색빛으로 뿜어내는 매연과 사방에 고층 건물들로 가득 찬 도시를 벗어나 처음으로 제주의 하늘과 바다를 접했을 때 이곳은 내가 뛰어놀 수 있는 청무우밭이었다.

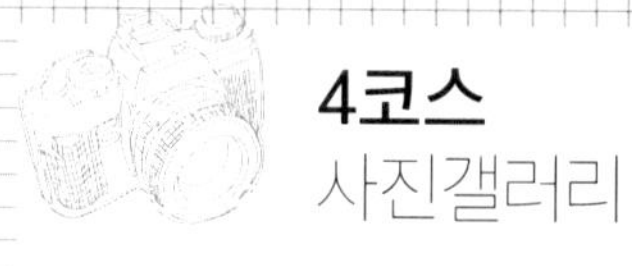

4코스
사진갤러리

04. 고향

갓난 아들을 가슴에 안고
깊게 숨을 들이마시면
고향의 냄새가 난다.
아들의 볼에 입술을 갖다 대면
보드라운 감촉이 온몸을 휘감는다.
자연스레 눈이 감기고
입가에 환한 미소가 그려진다.
고향의 포근함이다.
아들은 배밀기를 하다가
기다가 걷다가 어느덧
폴짝폴짝 뛰면서 율동을 하며
개구지게 장난을 친다.
짜증내다가 웃고, 화내다가 기뻐하고
울다가 웃다가 그렇게
엉덩이에 털이 났다.
아들과 내가 고향을 지어가는 사이에
아내는 항상 우리에게 풍요로운 밥상을 차려주었다.

불혹에 접어들면서 고향에 대해 집착하게 되었다. 나는 경상남도 밀양에서 태어났지만 세 살 때 엄마 등에 업혀서 형과 함께 상경했고, 세 식구가 보금자리를 튼 곳은 원효로 시장 옆의 단칸방이었다. 내 유년 시절의 기억은 그때부터 시작되었다. 임대차 계약이 끝날 때마다 자주 이사를 다니며 어린 시절에 뛰놀던 공간에 대한 아름다운 추억은 아쉽게도 없다.

다시 아버지와 함께 네 식구는 외삼촌 집에서 방 한 칸을 빌려 살기 시작했고, 교회 안 구석에 다닥다닥 붙어 있는 낮은 화장실 딸린 단칸방, 단독주택 차고 안에 들어선 반지하로 옮겨 다니면서 내 고향의 추억은 늘 비좁고, 춥고, 가난했다. 엄마는 생계를 위해 아침 일찍 집을 나가 일하셨고, 아빠는 미간에 팔을 얹은 채 생각에 빠져 있다가 오후 12시가 넘어서야 집을 나서곤 하셨다. 가끔 아빠가 화를 낼 때면 숨조차 쉬기 어려울 정도로 두려웠다. 고등학교를 졸업할 때까지 반지하 방 두 칸을 벗어난 적이 없었다. 그때까지 이사를 열 번도 넘게 갔을 것이다.

서른아홉의 나이에 아이를 낳고 더욱 고향에 대해 목말랐다. 아들에게는 따뜻한 사랑의 추억이 담겨있는 어린 시절의 공간을 선물하고 싶었다. 아들이 자라서 어른이 되어 아름답게 추억할 수 있

고, 부모의 사랑이 깃든 그런 공간에 대한 열망이 강렬했다. 더욱이 고향 냄새가 물씬 풍기는 곳에서 아내와 늙어가고 싶었다. 피천득의 《인연》이라는 수필에 나오는 아사코가 어린 시절 꿈꾸던 뾰족 지붕의 그림 같은 집, 그리고 소박한 정원이 있는 그런 공간을 갈망했다. 진로문제로 방황하던 20대 때, 내게 자연의 아름다움과 여행의 기쁨을 맛보게 해준 제주는 고향으로서 최적의 환경을 우리 가족에게 제공할 수 있을 것이라 믿었다.

귀촌에 대해 몇 년 동안 고민만 하고 실행에 옮기지 못하다가 몸과 마음이 최악의 상태에 이르러서야 쫓기다시피 제주에 내려왔다. 30평대 아파트에 살면서 늘어났던 짐들이 임시거주를 위해 세를 얻은 방 두 칸짜리 아파트에 다 들어가지 않아 짐도 풀지 못하고 방 한 칸에 그냥 쑤셔 넣었다.
제주에 온 그 다음 날, 아파트 1층에서 엘리베이터를 기다리고 있었다. 30대로 보이는 여자가 나를 힐끗 쳐다보고는 현관에서 머뭇거리다가 내가 엘리베이터를 타고 올라가는 것을 확인하고는 안으로 걸어 들어오는 것을 보았다. 서울에서는 보통 엘리베이터 문이 닫히는 순간에도 "잠깐만요." 하고 소리를 지르며 같이 타겠다고 달려오는데, 낯선 사람을 경계하는 눈빛이 선연했다. 해가 진 후에

주택가는 서울보다는 많이 어두웠고, 사람들의 표정에 감정이 드러나지 않았다.
오래전부터 알고 지낸 제주 토박이 동생을 만나 제주도민이 된 느낌을 허심탄회하게 나누었다. "형, 여기에서 같은 나이 또래는 한 다리 건너면 다 아는 사람이에요. 서로들 조심하죠. 그리고 관광객 상대라면 모를까 제주 사람들 상대로 돈 벌기는 좀 힘들 거예요." 그 동생은 넌지시 충고했다. 그때는 그 동생이 나에게 왜 그런 말을 했는지 정확히 알지 못했다.

제주사회는 아주 좁았다. 새로 만나는 토박이들에게 제주에서 만난 지인에 대해 말하면 대부분 이미 알고 있는 사이였다. 심지어 내가 모르는 사람조차 제주에서 3년도 채 살지 않은 나를 알고 있는 사람도 있었다. 그만큼 육지인으로서 좋지 않은 인상을 주면 제주 사회에 정착하기 어렵다는 말이다. 하지만 경계 받고 탐색 당하는 이방인의 입장에서 토박이에게 좋은 인상만 주는 것은 쉽지 않다. 또한, 토박이의 입장에서도 섬이라는 고립된 공간에서 오랫동안 살다보니 육지에서 들어온 이방인에게 쉽게 마음을 열기란 쉽지 않을 것이다. 먼저 이익이 되는 사람인지 타진해볼 것이고 그에 따라 서로의 관계가 형성된다. 이방인에게 마음을 연 적이 없

으니, 경제적인 논리에 의해 형성된 관계는 언제든지 쿨하게 깨어진다.

정글과 같은 사회에서 특정 무리에 들어가야 하는 이방인이 겪는 어려움이 어디 제주도에서만 일어나는 상황이겠는가. 우리(울타리)를 매우 중요하게 생각하는 대한민국 어디에서나 그 우리(울타리)를 넘어 들어가는 것은 매우 어렵다. 이미 기득권을 목숨 걸고 지키는 우리(울타리)가 있으니 말이다. 우리나라, 우리 직장, 우리 학교, 우리 마을, 우리 동호회….

세 살이었던 어린 아들은 음식 알레르기가 심해 콩, 우유, 계란, 밀가루를 먹으면 심하게는 호흡곤란이 와서 아내는 힘들어했다. 아들은 밤마다 무엇이 힘든지 정확히 알 수 없으나, 두세 번씩은 꼭 깨서 안아달라고 칭얼대었고, 아이를 달래는 것은 오롯이 아내의 몫이었다. 아들이 밤에는 엄마만 찾는 데다가 나는 허리가 아파서 아들을 안아줄 수가 없었다.

제주의 공기는 대도시와 비교할 수 없이 좋아서 아들의 알레르기 치료에 도움이 될 것이라 생각했다. 비염이 심했던 어린 시절에 이비인후과에서 자주 치료를 받았던 나는 캐나다에 건너가 한 번도 알레르기 비염 때문에 고생한 적이 없었다. 하지만 한국으로 돌아와 서울 근교에 거주하면서 비중격 수술과 비염 수술을 받을 정도로 다시 알레르기 비염이 악화되었었다.
공기가 좋은 제주에 거주하게 되면 나뿐만 아니라 아들의 알레르기 치료에도 많은 도움이 될 것이라 생각했다. 그러나 제주에 정착한 후에야 예상외로 알레르기 환자의 비율이 높다는 것을 알게 되었다. 삼나무를 비롯한 알 수 없는 열대 식물에서 알레르기 유발 물질이 많이 나오기 때문이라고 의사들은 추정한다. 개인적으로는 습하고 염분이 높은 바람을 많이 맞을 때 알레르기 비염 증상이 심해졌다.

제주로 이사 오는 날, 옆집에 사는 아저씨가 친절하게 인사를 하며 말을 걸어 왔다. 다행히 대화를 나눌 수 있는 이웃이 생겼다. 전라도 목포 출신의 옆집 아저씨는 해양경찰이었는데, 제주의 아름다움에 푹 빠져 근무지 변경을 신청하고 몇 년간 기다리다가 이주해 왔다고 했다. 옆집 아이도 우리 아이와 같은 또래여서 와이프끼리도 자주 왕래하며 지냈다. 그런데 아쉽게도 1년을 버티지 못하고 다시 고향으로 돌아갔다. 제주를 떠난 후에 연락이 왔는데, 고향에 돌아가니 마음을 터놓고 지낼 수 있는 동료들이 있어서 너무 편안하다고 말했다. 아마도 아저씨는 제주에서 직장동료들과 친밀

한 관계를 맺지 못했던 것 같았다. 우리 가족도 제주에 정착하지 못하고 다시 도시로 돌아갈 수도 있겠다는 불안한 생각에 나는 열심히 일했다. 그러나 아내는 아내대로, 아들은 아들대로, 새로운 환경에 적응하는 것이 쉽지 않았다. 고향을 그리워하며 찾아온 우리 세 식구의 제주 정착은 그리 녹록지 않을 것만 같았다.

서른아홉의 나이에 아이를 낳고 더욱 고향에 대해 목말랐다. 아들에게는 따뜻한 사랑의 추억이 담겨있는 어린 시절의 공간을 선물하고 싶었다.

5코스
사진갤러리

05. 국수의 풍광

젓가락으로 면발을 들어
후루룩 입 안에 넣고
국물 안을 가만히 들여다본다.
푸른 바다가 보인다.
낚싯대를 드리우고 기다리면
조개, 새우, 전복, 쭈꾸미…
척척 낚인다.
눈을 감고 다시 뜨면
빨갛게 익은 고추, 오이, 호박…
시골 텃밭의 풍광이 국수 안에 펼쳐진다.
잔치국수, 비빔국수, 고기국수, 회국수, 멸치국수…
국수 안에는
인생의 짠맛, 단맛, 신맛, 쓴맛 그리고 매운맛이 다 있다.
모든 맛을 보고서야 사랑을 알게 되었다.
아버지는 유난히도 국수를 좋아하셨다.

우리나라 사람들에게 벚꽃은 일본을 떠오르게 하는 꽃이다. 사실 벚꽃은 일본의 국화(國花)가 아니라고 한다. 벚꽃은 천왕이 좋아하는 황실 가의 꽃이기에 벚꽃심기 캠페인이 오랜 세월 동안 이뤄져 일본을 대표하는 꽃으로 알려졌을 뿐이다. 한반도에는 한라산에서 백두산까지 깊고 척박한 산속에도 벚꽃이 산재해 있다. 이는 일제강점기에 천황폐하에 대한 충성심으로 일본인들이 모두 심었다고 보기 어렵다. 실제로 1970년대에 우리나라 학자와 일본학자가 현장을 답사하고 벚꽃 나무의 일부인 왕벚나무의 원산지는 제주도가 확실하다고 밝힌 바 있다. 그래서인지 제주의 벚꽃 풍경은 일품이다. 특히 4월 초에 가시리 녹산로에 가보면 유채꽃과 벚꽃이 어우러져 인간이 한 폭의 캔버스에 담아낼 수 없는 풍경화가 펼쳐진다. 바람 부는 날에는 벚꽃비를 맞으며 사랑하는 사람들과 함께 찍은 추억을 마음의 서랍 속에 간직할 수가 있다.

영실휴게소에서 윗세오름에 오르다 보면 설문대할망과 오백장군에 얽힌 기암괴석을 보게 된다. 500여 개의 바위가 병풍을 휘두르며 우뚝 솟은 자태는 아름다운 동양화가 눈 앞에 펼쳐진 듯하다. 오르막길을 오르다 뒤를 돌아다보면 양탄자처럼 완만하게 펼쳐져 있으면서 바다와 조화를 이루는 멋진 풍광을 맞닥뜨리게 된다. 제주가 아니면 볼 수 없는 풍광이다. 제주에는 신들의 고향이라 불릴 정도로 구전되는 신화와 설화가 많이 남아있다. 그중에서 설문대할망과 오백장군이라는 설화가 대중적으로 많이 알려져 있다.
설문대할망은 한라산을 베개 삼고 누우면 한 발은 성산일출봉에, 또 한 발은 현재 제주시 앞바다에 있는 관탈섬에 걸쳐질 만큼 거대한 여신이다. 관탈섬에 빨래를 놓고 팔은 한라산 꼭대기를 짚고 서서 발로 빨래를 문질러 빨았다고 한다. 제주의 360여 개의 많은 오름(기생화산)들은 설문대할망이 제주를 만들기 위해 치마폭에 흙을 담아 나를 때 치마의 터진 구멍으로 조금씩 흘러서 된 것으로 전해진다. 마지막으로 날라다 부은 것이 한라산이 됐다는 이야기다. 또 설문대할망은 500명의 아들이 있었다. 어느 날 설문대할망은 500명의 아들들에게 죽을 끓여주다 그만 발을 헛디뎌 죽에 빠지고 말았다. 저녁에 돌아온 형제들은 잘 익은 죽을 먹으며 오늘따라 유난히 맛있다며 아우성이었다. 막내아들만은 어머니가 보이지 않는 게 이상해 죽을 먹지 않았다. 죽을 다 먹고 나서 밑바닥에서 사람의 뼈가 나온 후에야 어머니가 보이지 않는 이유를 알게 됐다. 어머니의 살을 먹은 형제들과는 같이 살 수 없다며 막내아들은 서귀포 삼매봉 앞바다로 내려가서 슬피 울다 외돌개가 되었다. 나머지 형제들은 그 자리에 늘어서서 한없이 울다 지쳐 몸이 굳으면서 기암괴석의 군상이 되고 말았다. 사람들은 이 바위들을

'오백장군' 또는 '오백나한'이라고 한다. 그리고 이곳을 '영실'이라 하고 바위들은 '영실기암'이라고도 한다.

제주로 이주하기 몇 달 전에 확실히 마음을 결정하기 위해 가족과 함께 답사 여행을 왔다. 애월을 지나 서쪽 해안도로를 달리는데, 고기국수 간판을 내건 식당이 많이 보였다. 제주 토속음식일 것 같아서 아내와 고기국수를 먹었다. 돼지의 비릿함이 그대로 느껴져 입맛에 맞지 않았다. 아내도 억지로 먹었는지 속이 내내 좋지 않다가 결국에 먹은 것을 확인하고 말았다.
제주에 정착한 후, 같이 일하는 선생님들과 구제주에 있는 유명한 국숫집에서 다시 고기국수를 먹게 되었다. 처음 먹었던 고기국수에 대한 기억을 완전히 잊어버릴 만큼 맛이 좋았다. 구수한 육수와 돼지고기가 국수와 어우러져 담백하면서도 영양이 풍부할 것 같은 맛이었다. 또한, 제주에서 회국수가 유명한데 동복리에 위치한 식당에서 파는 회국수의 맛은 정말 일품이다. 맵지 않으면서도 달달한 초고추장에 상추와 회를 곁들여 국수와 버무려 먹다보면 순식간에 없어진다. 가끔 육지에서 손님이 오면 그곳에서 회국수를 대접한다. 언젠가는 고등어회가 나와서 그 손님으로부터 극찬을 받았다. 마치 내가 국숫집의 주인이 된 것처럼 기뻤다.

국수를 좋아하다 보니 가끔 들러 안부를 묻게 되는 국숫집 사장님도 생겼다. 제주에 내려오자마자 올레길 한 코스를 완주한 적이 있었다. 화순해수욕장에서 모슬포까지 약 15Km를 걸었는데, 완전히 녹초가 되었다. 걷는 게 익숙하지 않았던 때라 다리도 몹시 아팠다. 그때 해물칼국수 간판이 눈에 띄어 찾아 들어간 국숫집은 아주 허름했다. 홍어가 주메뉴여서 사실 전문 국숫집은 아니었는데, 어쨌든 뜨끈한 국물을 먹고 싶어서 해물칼국수를 주문했다. 식당에 다른 종업원은 없었고 사장님이 혼자 요리를 하셨다. 해물이 푸짐해서 바다의 맛이 그대로였고, 딱새우를 까먹는 것 또한 재미졌다. 한참 그 맛을 즐기고 있는데, 사장님이 내 옆으로 와서 오늘 얼마나 걸었는지, 어디에 사는지, 이것저것 물으셨다. 제주에 내려온 지 얼마 안 되고, 앞으로 학원에서 학생들을 가르치게 될 거고, 아는 사람이 없어서 제주 사회에 정착하는 게 많이 걱정된다고…. 먼 친척과 만나 이야기하듯이 정을 느끼며 나도 모르게 많은 것들을 털어놓았다. 사장님도 육지에서 시집와 30년 넘게 제주에 살았고, 젊었을 때는 공무원이었는데 자식들 다 대학 보내고 놀 수가 없어서 조그맣게 식당을 하고 있다고 말씀하시며, 진심 어린 조언을 해주었다.

"제주에서는 자기 것을 해야 돈을 벌 수 있어요. 남 밑에서 일하는 것은 힘들게야. 조그만 거라도 자기 것을 해봐요. 그게 백 배 나을 거예요."

감사 인사를 드리고 식당을 나서는데 집에 가면서 까먹으라고 감귤 몇 개를 챙겨주셨다. 그 이후로 모슬포 부근에 갈 때마다 그 식당을 들르곤 하는데, 사장님은 그때마다 무언가를 손에 쥐어주며 따듯한 정을 나눠주셨다.

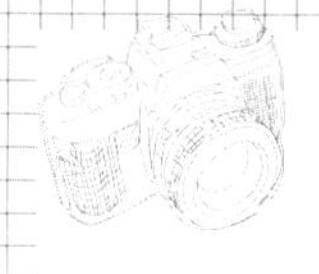

6코스
사진갤러리

06. 밤바다

달빛에 은가루가 반짝이는 밤바다는
어린 고래들이 뛰어 노는 동산이죠.
여기저기서 물을 뿜어대기도 하고
서로가 살을 부대끼며 힘자랑을 하네요.
가끔 상어가 나타나 놀이에 끼어들려고
눈치 보며 스을쩍 지느러미를 갖다 대고요.
이제는 누가 고래인지 상어인지 알 필요 없이
문어의 먹물을 피하는 것이 재미져요.
고래 놀이에 새우는 등이 터져라 웃고
지나가는 가오리는 입이 찢어지네요.
별들이 마실 나와 수다 떠는 밤바다는
낄낄대는 웃음소리가 시끌벅적한 놀이동산이에요.
수평선 너머로 붉은 빛이 감돌기 시작하면
모두가 두려운 눈으로 서로를 쳐다봐요.
서로의 존재를 확인하고는 물살을 가르며
제각기 엄마와 아빠를 찾기 시작하죠.
눈부신 빛으로 동산의 자취는 사라지고
그물망이 온 바다를 뒤질 거예요.

언젠가 밤바다에도.

권불십년(權不十年)이라 했던가. 옳고 그름은 언젠가 밝혀지고 권위적인 억압은 오래가지 못한다. 생의 전투가 처절할수록 더욱더 승리감에 도취되고 자신이 오른 자리에 집착하게 된다. 평범하고도 아름답게 살아가는 사람들의 가치는 잊히고, 경제적 부와 권력은 인간을 평가하는 가치 척도의 기준이 되었다. 정치인과 시민, 고용주와 근로자, 교수와 학생, 심지어 부모와 자녀 간에도 이러한 공식이 성립하고 있는 삭막한 세상이다. 특별히 우리나라 사람들은 서열에 매우 민감하다. 나이가 다르면 자동으로 서열이 정해지기 때문에 친구 맺기가 힘들고, 위계질서 속에서 관계를 맺어야 하는 문화 속에서 살아간다. 타인과의 관계에서 자신이 열등하다고 느끼면 나이로라도 누르고 서열상 우위를 차지하려는 권위의식이 팽배하다. 놀이터에서 아이들이 처음 만났을 때 하는 첫 대화다.

"너 몇 살이야?"

"여섯 살."

"나, 일곱 살이야. 형이라고 불러."

힘든 세상에서 낯선 사람끼리 형, 동생의 관계를 맺으며 정을 나누는 삶이라면 얼마나 좋겠는가. 그러기 위해서는 서로 알아가는 시간이 필요할 터인데, 그런 시간의 중요성을 생략한 채 서열을 매기기에 바쁘다. 아이들이 뭘 알겠는가. 어른들의 삶이 고스란히 아이들에게 이어졌겠지.

제주에 내려와 1년 동안 입원과 통원치료를 반복하며 대부분의 시간을 집에 있다 보니, 옛 친구들은 그리워지는 반면에 새로운 만남은 왠지 모를 부담감으로 꺼려졌다. 만나는 사람마다 제주에 내려온 이유를 캐물으며 경계하는 눈빛을 보내는 것이 부담스러웠다. 하지만 낯선 사회에 적응하기 위해서는 노력이 필요했다. 요통으로 앉는 것이 힘들었지만, 사람도 만나고 공부도 할 겸 교육기관에 들어갔다. 불혹이 넘은 나이에 학업에 대한 부담이 컸지만, 제주 사회에 적응하고 싶은 나름의 자구책이었다. 면접시험 당일에 보니 나보다 나이가 많은 만학도가 대부분이었다. 다행이었다. 제주 사회에 적응하는 데 적지 않은 도움을 받을 수 있을 거라 생각했다.

"마흔 셋이라 했지? 내가 형이니 말 놔도 되지?"
"아, 네. 그러시죠 뭐."

나보다 연상인 어느 학생과 첫 수업이 끝난 후에 나눈 대화이다. 일곱 살짜리 미취학 아동이나 마흔이 넘은 어른들이 처음 대면해서 나누는 대화의 수준이 똑같다. 40대 중반의 나이에 적지 않게 당황했지만, 좀 더 친해질 수 있는 계기가 될 것이라 기대했다. 하지만 그들이 이미 오랫동안 형성한 울타리 안으로 들어가는 것은 쉬운 일이 아니었다. 물론 내가 그들에게 어떤 이익을 줄 수 있는 존재였다면 이야기는 많이 달라졌을 수도 있겠다.

제주에 점차적으로 적응해가면서 운이 좋게 어느 교육 기관에서 강의를 하게 되었다. 20명이 넘는 선생님들이 강의하는 기관이었는데 밥그릇 싸움이 매우 치열했다. 오래 계신 선생님들과 중간 위치의 선생님들과의 파벌 싸움이 눈에 보이게 드러났다. 오래 계신 선생님들은 확고한 위치를 다지고 있었기 때문에 신입 선생님들에게 큰 관심이 없었다. 반면에, 중간 위치의 선생님들은 여러 이익관계를 타진하며 자신들의 집단과 친분을 나눌 신입 선생님들에게 의도적인 친밀감을 드러내기도 했다. 이익관계가 얽히고설켜서 그랬겠지만 서로 뒷담화가 노골적으로 이어지는 조직의 모양새가 그리 좋아 보이지 않았다.

한 신입 선생님은 중간 위치의 선생님들과 결탁하여 경력이 오래된 선생님들과 대놓고 대립하며 파벌을 형성했다. 늘 자신과 나를 비교하며 반말로 경우 없이 굴기도 했던 그에게 여러 가지로 마음이 상했던 나는 조직 안에서 너무 편을 가르지 말라고 충고를 했다가 결국 그의 미움을 사기도 했다. 그가 갈등을 겪고 있는 여 선생님에 대해 격분하며 했던 말이 계속 내 귓가를 때리며 메아리친다.

"교수 임용도 안 돼서 시간 강사나 하는 주제에 어따 대고…."

그는 자기가 받들어야 할 대상과 무시해도 되는 대상을 확실히 구분하고 있었다. 한번 싫은 사람은 뭐를 해도 싫은 습성이 있어서, 그가 나에게 반말하는 것조차 거슬렸다. 가끔 내 외모를 가지고 놀리고 다른 선생님들 앞에서 무안을 주기도 했는데, 그것을 마음에서 떨치지 못하고 더는 반말하지 말라고 공개적으로 부탁했다. 남들 앞에서는 아무 말도 못하다가 개인 문자로 나를 비방하기에 화가 나서 전화를 했다. 계속 반말을 멈추지 않아서 반복적으로 반말하지 말라고 경고성 발언을 했더니, 듣기 싫으면 나도 반말을 하라는 것이다. 40대 중반에 뭐 이런 유치한 말들을 하고 있는지 부아가 치밀었다. 결국 나는 욕을 하고 전화를 끊어버렸다. 우리 사회에서 오직 경제관념으로만 사람을 평가하고, 그렇게 형성된 관계는 서열을 이루게 하여 권력관계가 형성되는 경험은 낯설지 않게 되었다. 수직적 서열을 매우 중시하는 사회에서 우리는 사람답게 사는 아름다움을 어디서 찾을 수 있을까.

서귀포에서 황칠나무를 키우며 감귤 농사를 짓는 화가를 우연히 알게 되어 찾아가 뵙게 되었다. 명문대 행정학과를 졸업하고 방송

국에서 근무하다가 마흔이 넘어서 고향인 서귀포에 내려와 만 평 정도 되는 임야에 황칠나무를 심고 감귤농사를 지었다고 한다. 그분도 도시에서 과도한 스트레스로 건강이 나빠지고 허리 디스크 수술도 받게 되어 낙향하기로 결심했고, 그 후 20년 넘게 황칠나무를 키우다가 최근에 그림 공부를 시작했다고 한다. 나를 보자마자 대뜸 하는 말씀이 이랬다.

"얼마 전까지만 해도 제주사람들은 당신을 '육지것'이라 부르며 상종도 안 했을 건데, 이제 육지인들이 많이 들어와서 그때처럼 배타적이진 않을 거예요."

초면에 첫 마디부터 매우 직설적이었다. 내가 몸이 안 좋다는 것을 듣고 한번 보고 싶었다며 말린 황칠나무 잎을 주시면서 달여 먹어보라고 했다. 유화로 그리고 있는 그림이 대부분 황칠나무인 것을 보니, 그분의 황칠나무에 대한 사랑은 대단했다. 그림에는 제주의 바다도 있고, 꿈속에서 나타나 그리움으로 잊히지 않는 여인의 모습도 있었다. 황칠나무와 그림에 대해 한 참을 얘기했는데, 그분의 말 중에 가끔 생각나는 부분이 있다.

"요즘 박수근, 이중섭처럼 그림을 잘 그리는 사람은 많아요. 중요한 것은 화가의 삶이지. 그런 삶이 담겨있는 그림이 가치 있지 않겠어."

나는 '유미주의'* 를 추종하지 않기 때문에, 시를 짓든 그림을 그리든 창조적 활동을 하기에 앞서 삶에 대한 고민은 예술가에게 매우 중요한 것이라 믿는다.

대한민국에 거주하는 외국인의 비율은 3% 내외로 아직까지 우리나라가 다문화사회라고 말하기는 힘들다. 하지만 외국인의 대다수가 결혼이주자이거나 노동자들로 우리 주변에서 흔히 접할 수 있게 되었고, 서울 시내를 걷다 보면 하루라도 외국인을 보지 않는 날이 없을 정도로 외국인은 우리에게 낯설지가 않다.
제주는 해마다 천만 명 이상이 다녀가는 여행지로 관광 명소 어디에서나 외국인 관광객을 만날 수가 있다. 제주항이나 한림항에 가보면 동남아시아 출신의 외국인 근로자들이 대부분이다. 5억 이상의 돈을 투자하면 제주에서 영주할 수 있는 권리를 주는 제도가 있어서 일반 주택가에 거주하는 중국인 가족들도 자주 보게 된다. 제주에는 같은 대한민국 문화권에 속해 있음에도 불구하고 제

* 예술이란 그 자체로서 자족한 것이며 어떠한 이면적 목적이 그 속에 내포되어서는 안 되고, 윤리적이라든가 정치적, 또는 다른 비심미적(非審美的) 기준에 의하여 평가되어서는 안 된다는 지론에서 나온 문예사조.

주 토박이만이 공유하는 뚜렷한 토착문화가 존재하기 때문에 육지에서 이주한 대한민국 사람도 제주 토박이에게는 이방인으로 여겨지기도 한다.

2016년 현재 제주에는 동남아 출신의 결혼 이주자와 근로자, 투자를 통해 들어온 외국인 영주권자, 2010년 이후로 육지로부터 급속하게 몰려드는 이주자, 조상 대대로 제주에 터를 잡고 살아온 토박이들이 바다로 둘러싸인 고립된 섬 안에서 공생하고 있다. 부동산가격은 급상승하였고, 자원은 한계가 있다 보니 그로 인한 경쟁과 갈등이 점점 심화되고 있다. 중국자본이 들어와 엄청난 규모의 리조트와 휴양지가 조성되면서 자연이 파괴되고, 펜션이니 카페니 무분별한 상업화로 경관이 훼손되었다. 감귤농사로 힘겹게 살아가던 토박이들 중에는 땅값 상승으로 많은 경제적 이익을 취하였음에도 불구하고 제주로 이주해온 이방인들을 좋게 바라볼 수만은 없는 게 현실이다. 안정적인 직업군과 기존에 소유하고 있는 권리를 빼앗기지 않기 위해 경쟁을 피할 수 없기 때문에 이방인을 경계하고 배척할 수밖에 없는 것이다. 평화의 섬, 제주에 이주자들이 급격하게 늘어감에 따라 토박이들과 이방인들 사이의 갈등의 골이 점점 깊어지는 것 같다.

7코스
사진갤러리

07. 풍경화

코발트 빛 바다 너머에
민들레가 피어나
나비들이 너풀너풀 춤을 추고
꿀벌들이 꽃 속에 숨어
술래잡기 놀이 삼매경

파도 언덕에서
상어는 이빨로 기타를 치고
오징어는 드럼을 두드리고
꼴뚜기는 하모니카 솔로
떼 지어 부르는 멸치 합창

언덕 너머로 보이는
황금빛 물결
곡식이 타다닥 익어가고
허수아비 참새 더불어
배불리 먹는 축제 한 마당

해가 뜨고 지고
만삭의 달이 수척해지고

폭풍우 속 비바람이 지나가면
한 폭의 무지개 풍경을 이루는 곳
포구 앞바다

'궨당'은 친인척을 뜻하는 제주어로, 권당(眷黨)에서 비롯된 말이다. 넓은 의미로 이웃도 포함된다. 예로부터 농사도 짓기 힘든 척박한 환경 속에서 궨당끼리 모여 좋은 일이든 나쁜 일이든 함께 힘을 모아 해결해 오면서 제주만의 독특한 공동체문화가 현재까지도 이어지고 있다. 지역 대표를 뽑을 때도 정치적 성향과 능력보다는 궨당이 무엇보다 중요한 영향을 미친다.
이러한 궨당 문화는 제주도에서 그 특징이 더 두드러질 뿐, 대한민국 어느 사회 조직에서나 접할 수 있다. 경기도 분당에 위치한 어느 아파트에서 살 때였다. 단지 안에 있는 테니스 동호회에 가입하려고 했는데, 동호회 회장은 실력 테스트는 물론 직업과 성격까지 면밀하게 관찰하는 것 같았다. 즐겁게 테니스를 치면서 건강한 삶을 유지하는 데 서로 도움을 주고받으면 됐지, 그것도 하나의 사회 모임이라고 절차가 매우 까다로웠다. 이렇듯 대한민국 사람은 대

부분 궨당을 이루고 살고 있으며 특정한 궨당에 정착하지 못한 사람은 이방인으로서 살아갈 수밖에 없다.

올레길을 걷다 보면 해안가 주변으로 돌담이 쳐진 밭을 자주 보게 된다. 가끔 밭에서 일하는 제주 토박이들의 대화를 살짝 엿들을 기회가 있다. "그러게 육지것들이란…." 제주인은 육지에서 건너온 사람들을 '육지것'이라 부른다. 그만큼 육지인들에 대한 경계와 토박이들 간의 유대감 형성이 견고하다. 섬도 육지일 텐데 제주인은 바다를 경계로 제주도와 육지를 분리하고 있다. 이러한 문화적 사고는 근현대사에서 공식적으로 약 25,000명의 양민이 학살된 4·3 사건으로부터 많은 영향을 받았을 것으로 추정한다. 해방 이후 좌·우 이념의 대립이 극렬하게 치닫던 시대에 제주도가 남한 정부의 정권 유지를 위한 희생양이 되었다.
92학번으로 대학에 입학하여 오리엔테이션에 참석했을 때, 학과 회장이 데모하는 대학생들이 다 빨갱이 같은지 신입생인 우리들에게 물어보았다. 그때는 그랬다. 대학에 들어가서 데모를 하게 되면 말 그대로 '종북좌파'가 되어 인생 꼬이는 것이라 생각했고, 거기에 휘말릴까 봐 두려웠던 적이 있었다. 지금 생각하면 참으로 어이없는 과거의 현실이었다. 한국 전쟁 직후인 50년대 후반의 상황은 더

욱 기가 막혔을 것이다. 반공이 국시였던 메카시즘** 열풍이 불면서 사회주의를 추구했던 남로당 당원과 말 한 마디만 해도 빨갱이로 몰려 개죽음을 당했다. 국민을 보호해야 하는 군인과 경찰에게 무참하게 짓밟혀 삶의 터전이 불타고 사랑하는 부모와 자녀를 순식간에 잃어버린 제주인의 슬픈 과거를 생각하면 육지인에 대한 불신과 경계를 충분히 이해할 만하다. 안타깝게도 과거의 상처는 아직까지 치유되지 않은 채, 제주인의 가슴에 각인되어 있다.

2차 세계 대전이 막바지로 접어들면서 일본은 오키나와를 방파제 삼아 미국과 전면전을 치렀다. 이때 오키나와 주민들은 미군에게 짓밟히고 일본 본토 군인들에게조차 학살당했던 아픈 역사를 가지고 있다. 이로 인해 제주와 오키나와의 지리적, 문화적 공통점을 밝히고 문학적 연대감이 조성되고 있다. 오키나와 대표 작가인 '메도루마 슌'의 소설에는 일본 본토인에 대한 강한 거부감과 샤머니즘을 통한 상처 치유 과정이 드러나 있다. 올레길 곳곳에도 태

** 1950~1954년 미국을 휩쓴 공산주의자 색출 열풍을 말한다. 옥스퍼드 영어 사전에서는 '1950년과 54년 사이에 일어난 공산주의 혐의자들에 반대하는 떠들썩한 반대 캠페인으로 대부분의 경우 공산주의자와 관련이 없었지만, 많은 사람들이 블랙리스트에 오르거나 직업을 잃었다.'고 정의하고 있다.

평양 전쟁을 대비하여 일본군이 만든 진지를 마주할 수 있고, 근현대사의 아픈 상처들을 쉽게 찾을 수 있다.
상처를 치유하고 넋을 달래는 일은 제주인에게 매우 중요한 일이다. 하지만 제주에서 일어나는 여러 가지 연구와 활동이 육지인에 대한 반감과 증오를 조성하고, 대한민국 국민으로서의 화합을 저해하는 과정으로 흘러갈까 봐 약간 우려되는 부분도 있다. 제주가 대한민국의 변방이 아니라 관광과 문화의 중심이 되기 위해서는 과거의 상처를 달래는 것뿐만 아니라 국제화 시대의 중심에서 그 역할을 할 수 있는 분위기가 형성되었으면 좋겠다. 아름다운 자연과 세계 문화유산을 보유하고 있는 제주를 사랑해서 함께 살아가는 사람들이 평화와 상생을 도모하기를 진심으로 바란다.

'인종에 대한 편견이나 국가적 이기심 또는 종교적 차별을 버리고 인류 전체의 복지 증진을 위하여 온 인류가 서로 평등하게 사랑하여야 한다는 주의.' 이것은 '박애주의'에 대한 사전적 정의이다. 급속하게 다문화 사회로 변화하는 제주에서 토박이, 육지인, 외국인 사이에서 심화되고 있는 갈등을 근본적으로 해결하기 위해 우리는 '박애주의' 정신을 이해하고 실천해야 한다. 경제적인 논리로는 문화적 차이에서 오는 갈등을 절대로 해결할 수 없다.

시인으로서 상도 받았던 어느 교수는 학문을 하기 위해서 '박애주의'와 같은 순수한 마음은 버려야 한다고 역설했다. 우리나라 문단은 파벌과 경쟁구도가 심하므로 문학적 순수함만으로는 살아남기 힘들다고 강조하며 결국에는 살아남는 자가 되어야 한다는 신념을 갖고 있었다. 문학은 명예와 권력을 움켜쥐기 위한 도구로 느껴졌고, 돈벌이를 위한 수단으로 여겨졌다. 물론 그 교수는 우리나라 문단에 대한 비판적 시각을 표현했을 뿐, 그런 의도로 말한 것은 아니었을 것이다. 하지만 그로 인해 글쓰기를 포기할 뻔했다. 나는 아직도 '시'는 '상처 입은 것들에 대한 애도와 치유의 과정이고, 거기에 숨겨진 아름다움을 발견하는 작업'이라고 믿는다.

제주에 살면서 가장 아쉬운 것은 토박이들과 좋은 추억을 만들지 못한 것이다. 나는 조상 대대로 제주에 터를 잡고 살아온 토박이들이 철저하게 카르텔을 형성하고 살아갈 수밖에 없는 삶을 이해하기보다는 판단하고 비판했다. 경계의 눈빛으로 쳐다보면 시선을 회피했고, 무리에서 배척하면 신발을 탁탁 털고 나와 아예 소통을 차단해버렸다. 다문화 사회에서 박애주의의 필요성을 부르짖으면서 정작 나는 주변에 벽을 견고하게 쌓았다. 하지만 제주에서 3년간 살면서 다문화 사회의 진통을 직접 겪으며 '박애주의'의 이해와

실천만이 서로의 갈등을 해결할 수 있는 유일한 방법이라는 결론을 내릴 수밖에 없었다. 제주는 변하고 있고, 변해야 한다. 그 변화의 시작은 바로 내 안에 있다.

나는 아직도 '시'는 '상처 입은 것들에 대한 애도와 치유의 과정이고 거기에 숨겨진 아름다움을 발견하는 작업'이라고 믿는다.

Story 2

비

8코스
사진갤러리

08. 옛 벗

작열하는 태양 아래 온몸의 수분이 빠져나간 미친놈처럼 희망의 물을 찾아 헤매였다. 시간은 흘러 기억 속의 기억을 끄집어내려 해도 감춰져 있다가 생각의 언저리에서 가끔 플래시백 된다.

코리아의 인권을 세계에 알리다 안기부의 추적을 피해 학교 안 동아리방에서 숨어 사는 벗이 있었다. 비틀즈에 심취하여 레코드판을 기웃대다 김추자의 봄비를 발견하고는 세상에서 가장 진귀한 보물을 얻은 양 기뻐하던 벗도 있었다. 세 명이 간신히 누울 수 있는 옥탑방에서 무성영화의 거친 화면을 들으며 각자의 희망을 들이키곤 했다.

어느 날 삼거리에서 헤어진 후 세월이 흘러 소식을 전해 들으니 민주주의를 목이 터져라 부르짖던 명문대생 벗은 부동산 중개인이 되었고, 레코드판에 전 재산을 투자했던 미소년 벗은 휴대폰 영업을 하다가 이름 모를 시골로 들어갔다고 한다.

비가 갠 후 무지개가 떠오르면 그 너머 보이는 옛 추억이 있다. 아련히 사라질 것 같지만, 매번 비가 올 때마다 추억은 그려지고 무지개가 된다. 누군가 꺾은 꽃에 함께 분노하고 지저귀는 새소리에 함께 노래 장단을 맞추던 그림은 세월이 지남에 따라 흐려지는 줄 알았는데 비만 오면 다시 선명하다.

대학 시절에 우리나라 인권 상황을 외국에 알리며 민주주의를 부르짖던 명문대생 벗이 있었다. 초등학교 5학년부터 인연을 맺었던 친구로 나를 가장 잘 이해해 주는 둘도 없는 단짝이었다. 언젠가는 아버지께 쥐어박히고 집을 나왔는데 그는 회수권을 팔아서 먹을 것을 사주었다. 벗은 고민과 갈등이 있을 때마다 열 일 제쳐놓고 나와 함께 있어 주었다. 벗이 안기부에 쫓겨 학교 안의 서클룸에서 숨어 지낸다는 소식을 듣고 찾아갔을 때, 그는 민주주의에 대한 열망과 짝사랑의 상처로 가슴앓이를 하고 있었다.

벗은 어린 시절에도 눈에 띄게 용감하고 정의로웠다. 중학교 3학년 때 일이다. 이문열의 《우리들의 일그러진 영웅》에 나오는 '엄석대'와 같이 힘으로 지배했던 인물(P)이 우리 반에도 있었다. P로 인해 우리 반 아이들의 정신적인 고통이 매우 컸다. 학기 초에 P의 형들이라는 동네 양아치들이 와서 반을 뒤집어엎는 바람에 감히 P에게 대들 수가 없었다. 나 또한 P의 협박으로 시험 시간에 답안지를 보여주다가 선생님께 들켜 따귀를 맞은 적이 있다. 또한, P가

사용하는 워크맨(카세트 테이프)을 나에게 강매하려고 하였으나 거절하자, 학교 주변 개천으로 데리고 가서 똘마니들을 뒤에 세워놓고 내게 주먹을 휘두르기도 했다.

벗은 이런 일련의 상황들에 대해 분노하고 응징할 기회를 엿보고 있었다. 전두환 대통령 시절에 학급 단위로 '사랑의 쌀'을 거뒀는데, 우리 반에서는 벗이 그것을 담당하고 있었다. P는 '사랑의 쌀'을 제출한 명단에 허위로 자신의 이름을 기재하라고 윽박질렀으나 벗은 거절했다. 몇 번을 협박해도 굴하지 않던 그는 주위 친구들이 깜짝 놀라게 할 만한 말을 뱉었다.

"평소에 네 행동을 지켜보고 있었는데, 그러다가 죽는 수가 있다."

벗은 머리 하나가 더 큰 P의 목덜미를 툭툭 치며 말하고 있었다. P는 그를 황당한 표정으로 바라보다가 정신을 차리고 어이없이 웃었다. 그 후 날아오는 주먹세례를 벗은 고스란히 얼굴로 막아냈다. 열 대를 맞으면 겨우 한 대를 때릴 수 있었던 벗은 쉬는 시간마다 찾아가 먼저 선방을 날렸다. 그렇게 싸움은 3일간 지속되었으며, 벗의 얼굴은 온통 멍투성이로 변하고, 콧대는 부어올라 매부리코가 되었다. 3일째 되던 날, 반 친구 모두가 벗을 응원하고, P를 몰아붙였다. 결국 P는 자진해서 벗에게 사과를 하게 되었다.

"니가 이겼으니, 더 이상 싸우지 말자. 미안하다…."

사과를 받아낸 벗은 너그럽게 P를 용서하면서도 경고했다.

"그래. 알았다. 그리고 더 이상 반 아이들을 괴롭히지 말고, 앞으로 잘 지내자."
나와 벗은 서로 다른 고등학교와 대학을 다녔지만, 우리의 우정은 변치 않았다. 대학을 졸업하고 짧게 대학원을 다니다가 나는 공군 장교로, 벗은 육군장교로 입대하면서 서로 다른 길을 걸어가기 시작했다. 그렇게 다른 삶을 살게 된 어느 날, 지하철 안에서 각자의 기준으로 서로를 판단하는 말을 하게 되었다. 그 후 몇 번을 다시 만났지만, 형식적인 인사치레였고, 우리는 그렇게 자기만의 길을 가게 되었다.
어린 시절의 소중한 시간을 함께 했던 벗은 가끔 기억의 언저리에서 플래시백 되지만 지난 추억의 옛 벗이 되어버렸다. 십여 년이 흐른 뒤, 다른 친구 결혼식에서 옛 벗을 다시 만났다. 삼십대 후반의 그는 앞머리가 완전히 벗겨진 부동산 중개업자가 되었고, 독신으로 살아가고 있었다. 취미로 춤을 배우고 있다는 말에 일본 영화인 〈쉘 위 댄스〉가 연상됐다. 옛 벗은 "평권아, 우리 연락하며 지내자."라는 말을 남기고 또다시 멀어져 갔다.

킹크스, 비틀즈, 퀸과 같은 음악을 좋아하는 벗이 있었다. 그는 대학입학에 실패하고 아르바이트를 전전하며 LP판 구입에 월급의

대부분을 투자하는 벗이었다. 음악에 대한 자신의 생각을 글로 표현했고, 시를 쓰기도 했다. 가끔 카세트 테이프에 내가 좋아할 만한 음악을 녹음시켜 주기도 했다. 벗의 아버지는 초등학교 선생님이셨는데, 술을 즐기시며 그림을 그리셨다. 어머니는 아버지를 견디다 못해 어린 세 자녀를 두고 집을 나가셨다. 벗의 집에 갈 때마다 아버지는 늘 소주를 끼고 그림을 그리셨고, 나에게 담배를 권하시며 친근하게 대해 주셨다. 결국 알코올 중독으로 오십대 초반에 세상을 뜨셨다. 나는 군부대에 급히 휴가를 신청하고 벗의 곁을 지켜주었다. 죽을 때까지 세 자녀의 생계를 책임지셨던 아버지의 죽음에 벗은 목놓아 울었다.

스무 살 때부터 군대 가기 전까지 우리는 단짝이 되어 홍대 앞과 신촌 밤거리를 쏘다녔다. 우리는 읽은 책에 대해 새벽까지 논쟁을 벌였고, 가끔은 인천에 가서 바다를 보며 이어폰을 끼고 함께 노래를 듣기도 했다. 벗은 고인이 된 가수 겸 배우인 '최진영'과 이미지가 흡사했고, 여자들에게 인기가 많았다. 군대에서 휴가를 나온 어느 날, 벗이 아르바이트를 했다던 조개구이 집에 들러 우정을 나누고 있었다. 옆 테이블에 앉아 있던 미모의 여성이 벗을 향하여 말을 건넸다.

"너 나 모르니? 나는 너 아는데…."

가만히 기억을 더듬어 보니 스무 살 때 홍대 앞 '왈츠'라는 커피숍에서 아르바이트를 한 적이 있었다. 다른 시간대에 일을 하던 동갑인 여자애가 있었는데 예쁘고 청순했던 친구였다. 아르바이트를 그만두면서 나 대신 벗이 일하게 되었는데, 아마도 그 친구가 벗을 좋아했었나 보다. 우리는 어느 조개구이 집에서 다시 만났고 그 친구는 벗을 기억하고 있었던 것이다. 음악을 좋아하고 문학적 감각이 있었던 벗은 늘 주변 여자들로부터 인기가 많았고, 아르바이트와 대학입시 공부를 하면서 20대를 보냈다.

벗은 아버지가 돌아가시고 아는 형님 식당에서 종업원으로 일을 했지만 생활고에 시달렸다. 오랜만에 만나서 벗과 술을 기울였고, 나는 그의 우유부단함과 흐리멍덩한 삶에 적지 않은 실망을 하게 되었다. 벗을 홀로 두고 나는 성산대교를 건너갔다. 벗은 몇 년 후에 결혼을 하였고, 기초생활 수급비를 타며 생활했다. 마지막으로 우리가 만났을 때, 벗은 헤어지면서 내게 택시비를 부탁했다. 삼십대 중반이 넘어 한 집안의 가장이 되어서도 현실을 직시하지 못하는 벗이 안타까웠다. 몇 년 후에 다른 친구로부터 그의 소식을 들었는데, 이름 모를 시골로 들어갔다고 한다. 그렇게 우리는 옛 벗이 되었다. 우리가 함께 했던 시간들이 적지 않기에 오랜 시간이 흘러도 비가 갠 후에 무지개를 볼 때마다 옛 벗과의 추억이 떠오른다.

9코스 사진갤러리

09. 처마 밑에서

언젠가부터 하늘에 조금씩 구멍이 뚫리기 시작했다.
거리마다 비가 새고 있다.
떨어지는 빗방울을 가슴으로 맞을 때마다
삶에 촉촉이 젖어들어 무게를 더한다.
내리는 비를 피할 마음도 없다.
그냥 흠뻑 맞고 여기저기 쏘다니다가
비를 피할 수 있는 처마를 발견하면 그뿐이다.
처마 밑에서 잠시 비를 피하고 있는 꽃 한 송이.
아련히 비 새는 거리를 하염없이 바라보는 나비 한 마리.
서로 괜찮을 거라고 등을 토닥이며
먹구름이 지나가기를 바라고 있다.
그런데, 나는
여기서 무얼 바라 비를 피하고 있는가.
비 새는 거리를 향하여
다시 발걸음을 옮겨 딛는다.
어둡고 습한 거리에 뚫린 구멍 사이로
햇빛이 비출 때까지.

비가 오면 뿌옇게 퍼져 있는 미세 먼지들이 지상으로 가라앉고, 가슴 깊이 숨을 들이마시면 촉촉하고 상쾌한 공기가 폐 속으로 들어온다. 식물들이 연두색 싹을 틔우며 세상은 싱그러움으로 가득 찬다. 빗소리를 가만히 듣고 있으면 재잘재잘 말소리가 들린다. 같은 하늘 아래 살아가고 있는 사람들이 떨어지는 비를 바라보며 내뱉는 사연들이 뒤섞여 빗소리가 된다. 그 사연에 가만히 귀를 기울이고 있으면 온몸에 비를 맞으며 걸어오는 한 남자를 발견한다. 터벅터벅 걸어오는 그의 발자국 소리는 점점 더 커지며 내 가슴을 울린다. 부끄럽지 않게 살려고 노력했으나 돌이켜 보면 부끄럽지 않은 날들이 별로 없는 것 같다. 뜻밖에 발생한 약간의 이익을 위해 양심을 팔기도 하고, 경쟁자의 불행을 기뻐하기도 했으며, 꿈틀대는 지렁이가 징그럽다고 사정없이 짓밟기도 했다.

이십대 후반에 캐나다에 건너간 지 얼마 안 돼서 형님 결혼식을 위해 잠시 귀국했다. 두 달 정도 머무르기로 예정되어 있었는데, 수업료와 생활비로 돈이 궁해서 아르바이트를 해야 했다. 단기간밖에 일을 할 수 없었던 터라 아르바이트 일을 찾기가 힘들었다. 그때 생활정보지를 통해 보안업무에 대한 아르바이트 광고를 보게 되었고, 근무일수에 관계없이 일당을 계산하여 지급한다는 내용에 마음이 혹했다.

경비직과 비슷한 일을 할 것이라 짐작하고 아르바이트 근무지인 대우자동차 부평 공장을 찾아갔다. 공장 정문에서 봉고차 한 대가 도착하더니 검은색 바지와 회색 티를 착용하고 검은 사각모자를 눌러쓴 험상궂은 아저씨가 내렸다. 아르바이트하러 온 사람들을 확인하고는 일사분란하게 사람들을 차에 태웠다. 나는 반강제로 차에 올라타게 되었고, 부평공장 안에 위치한 임시 숙소로 들어가 겉보기에도 위압감을 줄 수 있는 유니폼을 건네받았다. 그때까지 전혀 상황을 파악할 수 없었다. 당연히 보안업무를 위해서 해야 하는 절차라 여겼다. 키가 크다는 이유로 정문에 배치받고 뻗치기를 서는 순간, 내가 여기서 무엇을 하고 있는지 정확하게 감이 왔다. 대우자동차가 GM으로 넘어가기 전, 극심한 노사분규가 일어났던 역사적인 순간에 노조의 공장 진입을 막아야 하는 방파제의 역할로 그 자리에 서게 된 것이었다. 노조원들과의 몸싸움에서 유혈사태가 발생할 경우 공권력 투입의 정당성을 제공하는 데 이용되고 있었던 아르바이트생들을 노조원들은 용역깡패라 불렀다.

대학을 졸업하고 공군장교로 전역한 후, 캐나다 유학생활을 했던 나는 새로운 경험과 도전을 두려워하지 않았다. 처한 상황을 늘 극복하는 정신으로, 온 길을 되돌아가 본 적이 없는 자부심으로 살아왔다. 하지만 순간의 잘못된 판단으로 진흙탕 같은 경험을 하게 되었다. 그때, 같이 숙소에서 생활했던 사람들은 대부분이 20대 초반의 젊은 친구들이었다. 강남 호스트바에서 일하다가 군대 가기 전에 몸을 만들고 싶어서 들어왔다고 하는 인생, 특전사 혹은 해병대를 전역하고 경호원의 꿈을 안고 들어온 인생, 경찰간부 시험 준비를 위해 돈을 모으려는 서울 소재 대학의 경찰행정학과를 졸업한 인생, 여러 번 교도소를 들락거리며 형사의 보호관찰을 받고 있는 인생, 명문대 전산학과 재학 중에 방황을 거듭하다가 제적당한 인생… 모두가 막다른 골목에 서 있는 젊은 청년들이었다. 그들에게 나는 어떤 존재로 비춰졌는지 알 수 없지만, 어쨌든 그 집단 안에 내가 있었다. 한 달 간의 잊지 못 할 경험을 할 수 있었다고 스스로 합리화시켰지만 지금 생각해 보면 분명 잘못된 선택이었다.

하늘을 우러러
한 점 부끄럼이 없기를,
잎새에 이는 바람에도
나는 괴로워했다.
별을 노래하는 마음으로
모든 죽어가는 것을 사랑해야지.

그리고 나한테 주어진 길을
걸어가야겠다.

오늘밤에도 별이 바람에 스치운다.

새싹이 돋고 싱그러운 공기가 폐혈관으로 들어오는 비 오는 날에, 청아한 빗소리를 듣다보면 가끔 부끄러운 과거가 떠오를 때가 있다. 그로 인해 괴로울 때마다 윤동주의 〈서시〉를 되새김질한다. 유고시집인 《하늘과 바람과 별과 시》를 읽다 보면, 일제강점기에 한 청년의 부끄러운 양심에 대한 처절한 성찰은 반세기를 훌쩍 넘은 지금에도 여전히 내 마음을 적시고 있다.

한 달 간의 잊지 못 할 경험을 할 수 있었다고 스스로 합리화시켰지만 지금 생각해 보면 분명 잘못된 선택이었다.

10코스
사진갤러리

10. 무서운 꿈

세평방안에새벽다섯시면어김없이일어난다

머리맡에놓인계란율무차한잔의반을마신다
일어서서두손으로귀를막고제자리를맴돈다
한 바퀴
두 바퀴
세 바퀴
옆에놓인계란율무차한잔의반의반을마신다
일어서서두손으로귀를막고제자리를맴돈다
한 바퀴
두 바퀴
세 바퀴
남은계란율무차한잔의반의반의반을마신다
일어서서두손으로귀를막고제자리를맴돈다
한 바퀴
두 바퀴
세 바퀴
원효로시장골목에자리잡은세평방안에서자고있는일곱살먹은형
옆에서두손으로귀를막고제자리를맴도는네살먹은아이의기억이
무서운꿈의근원이다

어렴풋이 어릴 때부터 기억을 돌이켜보면 나는 언덕 위에 있는 '산천아파트'라는 곳에서 외할아버지, 외할머니와 함께 살았고, 엄마와 형은 언덕 아래에서 살았다. 아마도 내가 너무 어려서 외할머니 댁에 나를 맡기고 엄마는 형만 데리고 살았던 것 같다. 엄마가 보고 싶어 그 가파른 언덕을 혼자 오르내렸던 기억이 난다. 지금 우리 아이가 여섯 살인데 집 앞 편의점도 혼자 갔다 온 적이 없는 걸 생각하면, 그 당시 나는 아들보다 어렸던 나이로 그 먼 길을 혼자 왔다 갔다 했으니 위험천만한 일이 아니었나 싶다.

언젠가부터 나는 엄마, 형과 함께 살게 되었고, 엄마는 원효로 시장에 새벽 장사를 나가셨다. 새벽잠이 없었던 나는 어둠 속에서 일어나 엄마가 머리맡에 타 놓고 간 율무차를 마셨다. 내 옆에 고이 잠들어 있는 형을 깨우지 않기 위해 좁은 방 안에서 나는 아무것도 할 수 없었다. 그래도 내게 유일한 놀이가 있었으니, 형 머리맡에 놓인 율무차를 흔적 없이 조금씩 마시는 것이었다. 그러다 보면 한 모금씩 마신 율무차의 양은 반으로 줄어들었다. 깨어나서 자기 몫이 줄어든 것을 알면 형은 언제나 주먹을 날렸기 때문에 물을 부어 감쪽같이 양을 원래대로 맞추어 놓았다. 형이 학교에 가기 전이었으니 그때 나는 아마도 네 살 정도 되지 않았나 싶다.

새벽 시간은 그 어린 나이에 참아내기가 무척 길었다. 시간은 무료하게 흐르고 나는 물을 반쯤 섞어 놓은 율무차마저도 홀짝홀짝

마셨다. 그리고 형이 일어나면 여지없이 한바탕 소동이 일어났다. 거의 매일 반복되는 이런 상황에서도 엄마는 항상 율무차를 꼭 두 잔만 타 놓고 가셨다. 밖에서 자물쇠를 잠그고 어린 두 자녀를 남겨놓고 새벽장사를 가시던 엄마의 가슴은 어땠을까.

어느 날은 엄마가 새벽 장사를 마치고 집에 돌아왔는데, 형과 내가 깡통을 칼로 째고 그 안에 있는 연유를 다 마신 것을 보고는 엄청 혼을 내셨다. 천만다행으로 다치지는 않았지만, 그때는 위험한 일들이 많이 있었을 것이다. 내 오른쪽 손바닥에는 커다란 칼자국 같은 상처가 있는데, 출처가 전혀 기억나지 않는 걸 보면 아마도 그 당시에 생긴 상처가 아닌가 한다. 내 유년 시절의 기억이 정확한지 여든을 바라보고 계시는 노모께 여쭤보고 싶지만, 가슴 아픈 기억을 그냥 묻고 사는 것이 나을 때도 있겠다.

아빠, 엄마, 형과 같이 살게 되면서 망원동으로 이사를 간 후부터는 뚜렷이 기억이 난다. 여섯 살 때, 처음으로 단짝 친구가 생겼다. 이름도 기억이 난다. 옆집에 살았던 '정성웅'이란 친구였는데, 우리 둘은 거의 매일 같이 놀았다. 집에서 멀지 않은 곳에 위치한 한강으로 자주 놀러 갔다. 그때 한강은 양쪽에 모래 둑이 형성되어 있어서 우리는 둑의 가장 높은 곳에 올라가 굴러서 내려오는 놀이를

하곤 했다. 소중하게 여기는 장난감을 모래 둑 아래 묻어두고 언젠가 다시 찾아오기로 약속하기도 했다. 그때 지은 한강 다리가 '성산대교'이다. 한강 둑에서 놀다가 집에 돌아올 때는 길거리에서 자라는 총각무 같은 식물을 뽑아 전봇대에 득득 긁어서 갉아 먹었다. 그것 때문이었는지 가성 콜레라에 걸려 고열과 설사로 고생했다. 엄마는 한밤중에 헛소리를 하며 제정신이 아닌 나를 업고 응급실로 뛰었다고 한다.

초등학교 2학년 때에 '조중현'이라는 반 친구와 한강에 돌멩이를 주우러 갔다. 자연 과목 준비물로 예쁜 돌멩이를 가져가야 했기 때문이었다. 그 당시에는 시민공원이 따로 없었고, 쉽게 한강에 들어갈 수가 있었다. 강가는 수심이 낮았기 때문에 물이 무릎까지 차는 곳에서 예쁜 조약돌을 줍고 있었다. 그때 바로 옆에 있던 친구가 물속으로 풍덩 빠졌다. 허우적대는 친구의 모습이 우스꽝스러워 나도 모르게 웃음보가 터졌다. 한참을 웃다가 상황의 심각성을 깨달은 나는 친구를 잡아 끌어내었는데, 자칫하면 둘 다 물에 빠져 죽을 수도 있는 상황이었다. 그 당시 건축 자재를 얻기 위해 한강 수위가 낮은 곳에서 대형 포크레인이 골재를 퍼갔기 때문에 한강 물에 가려 보이지 않은 바닥에 커다란 구멍들이 많았다. 우리는 그걸

모르고 한강에 들어갔다가 물에 빠져 죽을 뻔했다.

1984년, 초등학교 5학년 때 망원동 일대에 홍수가 났다. 저수지 둑이 무너져 한강물이 빠르게 주택가를 덮쳤다. 내 친구는 자다가 물이 몸에 잠길 때쯤 깨어나 겨우 피신을 했다. 그때는 정말 상상도 할 수 없는 풍경이 우리 동네에 펼쳐졌다. 사람들이 동네 골목에서 수영을 했고, 배를 타고 다니는 사람도 있었다. 여기저기서 물고기가 보였다. 우리 동네는 마치 이탈리아의 낭만적인 도시 '베네치아'처럼 아름다웠다.

홍수가 나기 전에 우리 집은 망원동 옆 동네인 성산동으로 이사를 갔다. 거기까지 물이 들어오지는 않았지만, 우리 집은 단독주택 지하 차고 안에 있어서 하수구가 터지는 바람에 방들이 다 물에 잠겼다. 내가 다니던 초등학교에서 수백 명이 피난 생활을 했고, 그 덕에 몇 주 동안 학교에 가지 않아서 너무 좋았다. 보급품을 받아먹으며 친구와 뛰어 놀던 기억이 난다. 집단생활을 하며 차가운 마룻바닥에서 잠을 잤어도 학교에 가지 않고 실컷 놀 수 있어서 정말 신이 났다. 그때는 지금보다 경제적으로 훨씬 못살았는데도 사람들의 얼굴에 웃음과 여유가 있었다. 스마트폰, 인터넷, 학원이 없던 시절에 경제적으로 넉넉하지 않았지만, 친구들과 동네에서 다방구, 오징어, 찜뽕, 구슬치기, 연날리기를 하면서 신나게 놀았다. 가끔 그때가 그립기도 하다. 나는 우리 아이가 친구들과 신나게 놀 수 있는 환경에서 자랐으면 좋겠다.

중학교 때는 꽤나 공부를 잘 했는데, 고등학교에 가서는 성적이 많이 떨어졌다. 집안의 환경을 객관적으로 인식하기 시작하면서 내적 갈등이 극심했다. 우리 집은 김포공항 근처인 신월 3동이었고, 그때까지 반지하를 벗어나지 못했다. 집채만한 비행기가 우리 집 상공으로 지나갈 때면 창문이 흔들리고 소음이 심했다. 우리 동네와 부천의 경계에 동산이 있었는데, 가끔 그곳에 올라가서 머리를 식히곤 했다. 공부한 만큼 성적이 나오지 않아 대학입학에 대한 부담감을 느낄 때마다 동산에 올라가 비행기가 이·착륙하는 것을 보았다. 나는 이 작은 동네를 떠날 것이고, 언젠가 저 비행기를 타고 세계를 향해 나아갈 것이라 마음속으로 다짐하고 또 다짐했다.

11코스
사진갤러리

11. 무화과 나목

당신은
매일 적셔주는 소박한 비
은은하게 바라보는 미소
솜털 같은 속삭임으로
엷은 생명을 기대하지요.

나는, 하지만 나는
이미 말라버렸죠.
생명의 싹들을 떨구었어요.
안으로 파고들어 고요히 침잠했죠.
당신이 허락한 무게를 견딜 수가 없었어요.

사랑할 수 없어도 사랑해 주세요.
언젠가는 당신의 눈동자에 새싹이 돋아나고
잎은 무성해져 속살이 빨갈간 무화과를 드릴게요.

11코스를 걷다보면 '신평 곶자왈'을 지나게 된다. '곶자왈'은 화산 폭발로 용암이 굳은 지역에 숲이 형성된 곳을 뜻하는 제주 고유어다. 이곳에는 다양한 생물군이 서식하고 있으며 특히 '곶자왈' 지역의 지하에 스며든 물은 화산암반수로 제주인의 생명을 이어주는 식수를 제공하고 있다. '곶자왈'은 삼림이 울창해서 길을 잃으면 구조대원들이 위치를 찾기가 아주 어렵다고 한다. 1코스 오름에서 구조된 경험이 있기 때문에 '곶자왈'을 통과하는 것이 걱정됐지만, 11코스를 완주하기 위해서는 반드시 통과해야 할 길이었다. '신평 곶자왈'을 걸으면서 올레길 리본 표시를 쉽게 찾을 수가 있었다. 길을 잃을 염려는 없을 것 같았다. 다만 여성 혼자 걷기에는 위험할 수도 있으니 되도록 동행자와 함께 걷기를 추천한다.

요즘 제주는 여기저기 난개발로 몸살을 앓고 있다. 올레길을 걷다보면 공사가 중단돼 버려진 것 같은 건물을 쉽게 볼 수 있는데, 주변 경관을 해칠 뿐만 아니라 환경에도 좋지 않은 영향을 미치고 있다. '곶자왈'에도 개발의 바람이 불고 있다고 하니 제주의 미래가 걱정된다. '곶자왈'이 개발로 파괴되면 제주의 허파가 기능을 상실하고, 물이 오염되어 심각한 식수 부족 문제가 초래될 것으로 예상된다고 한다. 그럼에도 불구하고 개인의 탐욕, 정부 관료의 무능과 부패는 아름다운 제주의 환경을 위협하는 요인이 되고 있다. 우리 사회를 정화시켜야 할 책임이 있는 종교의 영역에서까지 인간의 탐욕과 부패가 기승을 부리고 있는데, 투기와 개발로 경제적 이익을 극대화하고 있는 부동산 사업은 오죽하겠는가.

요즘 몇몇 교회들의 부패가 심하다. 목사님들이 재산 다툼으로 몸싸움까지 하다가 결국 법정에 서는 기사를 가끔 접하기도 한다. 또한, 한국 교회의 차세대 리더로 주목받았던 걸출한 어느 목사님은 성추행으로 자신이 세운 교회에서 쫓겨나기도 했다. 캐나다에 거주할 때 그 목사님이 우리 교회에 온 적이 있었는데, 예배와 설교보다는 여행과 음식에 더 관심이 많아서 적지 않게 실망했었다. 어떤 교회는 성도를 교회 확장의 도구로만 여긴다는 느낌을 주기도 한다. 하나님의 비전을 이룬다는 명목 하에 전혀 준비되지 않은 성도들을 길거리로 내몰고 전도를 시키는 목사님도 있다. 마치 전도를 많이 해야 목사님과 하나님께 사랑을 듬뿍 받을 수 있다는 편견을 심어주기도 하고, 교회라는 사업체를 운영하는 것 같은 인상을 주기도 한다. 그런 목사님들은 일반 성도가 어려운 일을 당하거나 아파서 병원에 입원을 하더라도 병문안조차 가지 않지만, 교회에서 중요한 직분을 맡은 성도에게 일이 생기면 철저히 관리를 한다. 교회가 나름대로 성도들을 상대로 영업을 하는 것이다.
사회에 영향력이 있는 직업 있는 성도는 특히나 목사님의 특별한

보호를 받고 하나님의 은혜를 누린다. 대형 교회에 진정한 예수님의 사랑이 사라진 지는 오래다. 교회는 비판받기를 싫어함에 따라 스스로를 깨닫고 개혁하기를 거부한다. 하지만 교회의 목사님과 성도들만이 우리 사회에서 특별히 나쁜 인간들이겠는가. 그게 원래 인간의 본성이나, 목사 혹은 교회의 성도라는 이유로 조그만 잘못도 확대되고 과장되게 다루어지는 것이겠지.

제주는 1만 8천의 신들이 산다고 할 정도로 다양한 신이 존재한다. 제주에서 굿을 주도하는 '심방'에 의해 전승되는 무가 형태로 보존된 구전 설화를 중심으로 제주 신화가 연구되고 있다. 관심을 가지고 들여다보면 결국 신은 인간에 의해 생성되고 변형된다는 것을 알게 된다. 때로는 육지로부터 건너온 신화와 뒤섞이기도 하고, 관광 산업으로 상업화되기도 한다. 대정 지역에 대규모로 신화공원이 건설되고 있으며, 많은 관광객을 유치할 전망이다. 그러기에 제주에서는 유일신인 하나님만을 믿는 기독교인에 대한 시선이 곱지 않다. 기독교인이라는 이유만으로 싫어하는 사람들을 주변에서 심심치 않게 만나기도 한다. 제주 신화를 연구하는 어느 인사(人士)는 제주 기독교 100주년 기념행사에 참여해서 한마디 했다가 몰매를 맞을 뻔했다고 너스레를 떨었다. 기독교 단체가 마치

골수 폭력집단으로 매도된 느낌을 받았다. 사회적으로 기독교에 대해 이러한 분위기가 형성된 것은 잘못된 믿음으로 극단적인 행동을 보여줬던 일부 기독교인들의 영향이 클 것이다. 기독교인들 하면 모두 '예수천당, 불신지옥'을 외치는 환자라고 생각하는 것 같다. 또한, 가족과 사회를 병들게 하는 기독교의 탈을 쓴 이단들이 판을 치면서 기독교의 위상은 더욱 실추되고 있다.

대학입시 준비로 한창 열심히 공부하던 고3 시절에 친할아버지의 사촌 동생이며 나에게는 왕당숙인 친척 할아버지가 나를 집으로 초대하셨다. 친척 할아버지는 고3 때 건강관리가 중요하다고 할머니께 특별히 부탁하여 영양탕을 끓여놓으셨다. 저녁식사를 하고 난 후에 할아버지는 성경에 나오는 예수님을 소개해 주셨다. 나는 그때 교회를 다니고 있었음에도 왠지 거부감을 느꼈고, 사실 성경에 나오는 모든 일들을 믿지 않았다. 하나님이 흙으로 사람을 만들고, 예수님이 하나님이며 인간으로 태어나 우리 죄를 위하여 십자가에 못 박혔다는 이야기를 이성적으로 어떻게 믿을 수가 있겠는가. 그 당시 메이저 방송국에서 PD로 일하고 계셨던 지적이고 논리적인 할아버지와 새벽까지 논쟁을 벌였다. 결국 나는 성경을 통해서 스스로 죄인임을 인정하였고, 예수님을 내 마음에 영접하

는 기도를 드렸다. 그때 기적이 일어났다. 이성적으로 도저히 믿을 수 없었던 성경 속의 이야기들이 내 마음 깊은 곳으로 진실하게 다가왔다. 그 후에 할아버지는 바쁜 일정에도 불구하고 나와 자주 만나 시간을 보내주셨다. 나에게 성경을 가르쳐 주셨고, 용기를 북돋아 주셨다. 할아버지로부터 하나님의 사랑을 느꼈다. 대학에 들어간 후에도 1년 동안, 매달 용돈을 주시며 격려해 주셨다. 할아버지는 자신의 삶을 통해 진실한 신앙인의 모습을 직접 보여주셨고, 정년퇴임 후에 신학공부를 마치고 목사님이 되셨다. 나는 할아버지와 같은 진실한 기독교인이 되지는 못했지만, 예수님처럼 살려고 노력하신 할아버지께 늘 감사하고 있다.

성경에 나오는 기독교의 본래 핵심은 '사랑'이다. 하나님이 인간을 '사랑'하셨고, 예수님은 십자가에 못 박히심으로 '사랑'을 이루셨다. 예수님은 폭력적이지 않으셨으며 성숙한 인격으로 약한 자, 병든 자, 소외된 자를 사랑하셨다. 또한, 마태복음 12장 34절에 보면 예수님조차도 하나님을 믿는다는 서기관과 바리새인들이게 "독사의 자식들아 너희들이 악하니 어떻게 선한 말을 할 수 있느냐 이는 마음에 가득한 것을 입으로 말함이라."고 비판하셨다. 신학 공부를 하지 않아서 정확히는 모르지만, 예수님도 기존의 잘못된 체계

를 비판하셨다는 것은 분명하다. 대한민국 교회는 비판에 귀를 기울여야 한다. 대형교회들은 부자들을 상대로 하나님의 은혜를 이용하여 교회의 사적 재산을 불리는 행태를 멈추어야 한다. '일백 명의 사역자, 일천 명의 중보자, 일만 명의 예배자'를 외쳐가며 양적인 성장에만 주력하는 어느 목사님은 차라리 사업을 하는 편이 나을 것 같다. 한 사람의 중요성을 망각하고 예수님의 진정한 사랑을 잃어가는 교회는 '울리는 꽹과리'에 불과하다는 것을 깨달아야 한다. 교회가 비판을 수용하고 깊이 반성함으로 한 사람, 한 사람에게 예수님의 사랑을 실천하는 본래의 모습으로 회복되기를 진심으로 바란다.

전혀 다른 길을 걸어가고 있는 목사님과 스님이 서로 친구가 될 수 있을까 생각해 보았다. 서로가 일정한 거리를 유지하며 자신이 믿는 신념을 상대방에게 강요하지 않을 때 서로 관계를 유지할 수 있을 것이라 믿는다. 인간에 대한 애정으로 서로를 바라봐야지 자신의 신념이 관철되지 않는다고 서로 물어뜯고 배척하며 싸운다면 우리 사회에서 평화는 사라질 것이다. 우리의 생애가 끝나고 언젠가 진리는 밝혀질 것이므로 옳고 그름을 논쟁하며 편을 가르고 삿대질을 하는 것은 정말 부질없는 짓이다. 우주의 무한한 공간과

시간 속에서 점보다 작은 존재로 살아가는 인간들은 겸손하게 각자 신념대로 살아가면 된다. 그리고 서로를 판단하고 심판하는 것은 인간이 할 수 있는 영역이 아닐 것이다.

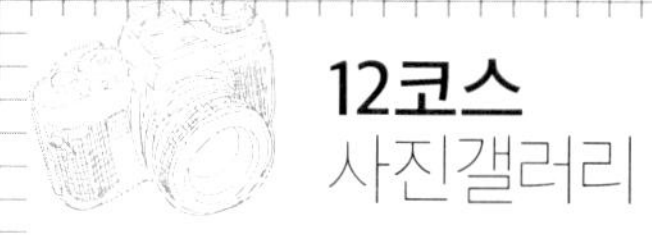

12코스
사진갤러리

12. 슬픈 족속

동그라미

점

혀를 대면 부푼다.

자극

반응

블랙 체인

늘 자극하는 자

늘 반응만 해야 하는 자

아 슬픈 족속, 우리 대한... 미국

제주 해안가를 걷다 보면 일제 강점기 때 만들어진 진지들을 쉽게 볼 수 있고, 군복을 입은 군인들도 자주 보게 된다. 이 땅에 식민 지배와 전쟁의 상흔을 고스란히 느낄 수 있다. 군인을 볼 때마다 눈을 떼지 못하고 계속 바라보게 되면서 나의 군 시절 모습과 아련히 오버랩 되기도 한다. 이십 년이란 세월이 지났어도 젊은 청춘에 사랑하는 사람들과 헤어져 낯선 집단에서 생활했던 기억은 가슴속에 잊히지 않고 있다가 문득 선명하게 되살아나곤 한다.

2007년 IMF가 터지기 직전, 나는 공군학사장교 시험에 합격하여 진주에 위치한 공군교육사령부에서 3개월간 사관후보생으로 훈련을 받았다. 대부분의 후보생들이 석·박사 출신들이라 20대 중후반의 나이에 배가 나온 친구들이 많았다. 처음에 도보로 이동하는데 그야말로 오합지졸이어서 우리 모습이 정말 우스꽝스러웠다. 오다리 팔자걸음에 발을 맞추는 방법도 제각각 달라서 통일성이라는 것은 눈곱만큼도 찾아볼 수가 없었다. 그 중에 선천적으로 군인의 피를 이어받은 것 같은 터프한 외모의 동기가 있었는데, 구령할 때 목소리가 너무 여성적이어서 무표정을 유지하려는 훈육관을 꽤나 고생시켰다.
우리는 짧은 특별내무생활 훈련기간을 거쳐 군인의 모습을 갖추어 갔다. 오와 열을 맞추어 직각으로 뛰어야만 했고, 사물함 정리와 침구류를 자로 잰 듯 직각으로 정리하지 않으면 점호 때 창문 밖으로 사정없이 내팽개쳐졌다. 심지어 식사를 할 때조차 왼손으로는 엄지와 검지를 직각으로 벌려서 식판을 파지하고, 수저를 잡은 오른손은 음식을 떠서 수직으로 들어 올려 공중에서 직각으로 꺾어 입으로 넣어야 했다. 이를 어기다가 적발당하면 식사를 멈추고 커다란 삽을 수저처럼 두 손으로 들어 올려 직각 식사 흉내를 내며 식사가 끝날 때까지 얼차려를 받았다. 고된 훈련 후에 식사를 제대로 하지 못하고 얼차려를 받는 것이 꽤나 힘들었을 텐데, 가끔 그 시절이 그리워질 때가 있다.

같은 구대('부대'와 같이 공군에서 지칭하는 훈련 집단의 단위)에 청량리역 근처 약국에서 근무했던 약사 출신의 K후보생이 있었는데, 성병 치료 전문이었다고 자신의 특별한 이력을 내세우며 남다른 말과 행동으로 고단한 훈련 생활에 재미를 주었다. 늘 진지하고 모범적이었으나 주변 분위기를 읽지 못해 동기들에게 많은 웃음을 선사했다. 어느 날 밤에 몹시 지쳐 깊은 잠을 자고 있는데 누군가 내 이름을 부르는 소리가 들렸다.
"장평권 후보생. 장평권 후보생."

비몽사몽간에 눈을 떠 보니 K후보생의 얼굴이 바로 내 눈앞에 있어서 소스라치게 놀라 일어났다.

“으악. 뭐… 뭐야?”

“미… 미안. 얼굴이 잘 안 보여서.”

“이 밤에 웬일이야?”

“어. 우리 방 앞이 세면실이잖아. 어….”

“그런데?”

“수도꼭지에서 물이 똑, 똑 떨어져. 신경이 쓰여서 잠이 안 오는데, 무서워서 혼자 들어갈 수가 없어. 장평권 후보생이 같이 들어가 주면 안 될까?”

“어… 그래. 알았어.”

나는 후보생 시절에 ‘명예의원’이라는 반장 같은 역할을 하고 있어서 그 후보생이 도움을 청했던 것이다. 어쨌든 그날 밤에 자다가 귀신을 본 것 같이 너무 놀랐지만 지금 생각해도 웃음이 난다.

교회에서 K후보생과 같은 그룹에서 성경 공부를 했는데, 집사님이 우리를 위하여 통닭과 콜라를 사 오셨다. 군 입대 후에 처음 먹어 보는 통닭이라 눈에 뵈는 게 없었지만, 모두들 장교 후보생이라는 체면에 서로 눈치를 보며 애써 남을 배려하는 척하며 먹고 있었다. 그러나 분위기 파악을 잘 못하는 K후보생은 양손에 통닭을 쥔 채 입이 터질 것 같이 먹었다. 모두 인상을 쓰며 K후보생을 노려보며 먹는 사이에 어느덧 통닭 한 조각이 남게 되었다. 서로 마지막 조각을 먹고 싶었으나 눈치를 보고 있는데, K후보생은 양 손에 쥐고 있는 통닭을 입으로 쑤셔 넣더니 조금의 망설임도 없이 마지막 조각을 집어 드는 것이었다. 번갯불이 내려치는 속도로 통닭의 마지막 조각을 먹고 나서야 다른 후보생들의 따가운 눈초리를 의식하고서는 무안했던지 헛웃음을 지으며 한 마디 했다.

"먼저… 잡은 사람이… 임자지…."

사실 K후보생을 처음에 좋아하는 동기들이 없었지만, 시간이 흐를수록 K후보생의 말과 행동이 밉지 않고 오히려 우리들에게 깨알 같은 즐거움을 선사했다. 엉뚱하면서도 순수하고, 분위기 파악을 못해 주변 사람들이 힘들긴 했지만 유쾌한 분위기를 자아내는 동기였다.

3개월의 장교 훈련과 특기 교육을 마치고 미7공군이 주둔하고 있는 오산 미군비행장에 배치되었다. 처음, 송탄 터미널에 내려 비행장으로 향하는 길에 미군을 위한 클럽과 상점들을 보고 적지 않은 충격을 받았다. 총을 들고 두 명씩 짝지어 다니는 미군 헌병들, 클럽에서 일할 것처럼 보이는 필리핀과 러시아 여인들, 사복을 입고 술에 취한 흑인 병사, 길바닥에 주저앉아 하염없이 누군가를 기

다리듯이 두리번거리는 머리가 하얗게 센 중년의 여자, 미스리 햄버거 포장마차…. 마치 전쟁을 치르고 있는 어느 동남아시아의 군부대 앞을 지나가는 느낌을 받았다.
비행장 안은 더 놀라웠다. 실외 수영장, 극장, 장교클럽, 하사관 클럽, 멕시코 요리 레스토랑, 스테이크 하우스, 수제 햄버거를 파는 레크리에이션 센터, 피자가게, 파파이스, 피트니스 센터 등 미군을 위한 온갖 편의시설이 갖추어져 있었고, 도박을 즐길 수 있는 슬롯머신도 있었다. 심지어 골프장까지 있었으니 전투기 활주로를 포함한 오산 미군비행장의 규모는 어마어마했다. 그런 미군비행장 안에 미군의 병력과 비슷한 규모의 대한민국 공군이 함께 주둔해 있었는데, 한국 군인을 위한 부대시설은 식당, 테니스장 그리고 목욕탕밖에 없었다.
근무를 마치고 동기들과 자주 미군 편의시설을 이용했는데, 어느 날 군복을 입은 채로 미군 시설을 이용하지 말라는 사령관의 지시가 있었다. 대한민국 공군 시설의 열악함을 노출시키지 말라는 내용이 포함된 채 우리에게 전달되었는데, 개콘에서나 볼 수 있는 패러디 코미디와 같았다.
미군 시설에서 일하는 한국 종업원의 태도는 더욱 이해하기 힘들었다. 문법에도 맞지 않는 영어를 구사할 줄 안다는 자부심과 미군부대에서 일한다는 특권의식이 있는 것 같았다. 나이 어린 한국 군인을 대하는 종업원들의 태도는 냉랭했지만 미군들에게는 '땡큐'와 '쏘리'를 연발하며 비굴하도록 친절해 보였다. 그리고 미군은 오만했다. 물론 다 그런 것은 아니었겠지만.

나는 대한민국 영공에 떠 있는 모든 전투기와 민항기를 통제하는 중앙방공통제소(MCRC)에서 3년간 근무했다. 미군은 대한민국을 자기들이 지키고 있다는 오만방자한 생각으로 위험한 행위들을 서슴지 않을 때가 있었다. 현재에도 대한민국 국민들을 우롱하며 도시 한복판에서 탄저균 실험을 하고, 지카 바이러스 실험을 준비한다는 뉴스 보도가 있으니 20년 전에는 오죽했겠는가. 미국에서는 사막이나 바다 한가운데에서나 실시하는 실무장 폭격을 대한민국에서는 민간인 거주지에서 얼마 떨어지지 않은 곳에 전투기 폭격 훈련을 해댔다. 축사의 슬레트 지붕이 날아가고 닭들이 신경쇠약에 걸려 알을 낳지 못한다는 항의 전화가 오곤 했다.

미군 전투기들은 가끔 ICAO(국제민간항공기구) 규약을 어기고 항로에서 작전을 실시하기도 했는데, 높은 계급의 분들은 문제를 일으키는 것을 싫어하시니 몸을 많이 사리시느라 정식으로 항의하는 것 같지 않았다. 어느 날은 김포·제주 항로에서 기상이 안 좋아 두 민항기가 2,000피트 차이로 교차하며 지나가고 있었는데, 그 사이를 향하여 빠른 속도로 전투기가 접근했다. 2차원 콘솔에 나타난 비행기 항적을 보면 마치 비행기 세 대가 공중 충돌하는 것처럼 보였고, 한편으로는 기동이 빠른 전투기가 민항기를 요격하는 것처럼도 보였다. 청와대에서 전화가 빗발치고, 탑다이스(조종사, 통제사, 방공포 지휘부)에서 난리가 났다. 그때 나는 미군전담으로서 통역을 하고 있었다.

"장 중위, 통역 똑바로 안 해. 전투기 지금 당장 항로에서 빼라고 해. 아니면 고도를 팍 올리든가. 민항기 사이로 비집고 들어가서 뭐하자는 거야."

나는 작전을 통제하는 미군 대위에게 협조를 요청했으나, 전투기가 VFR(Visual Flight Rule-시계비행)이라 모든 책임은 조종사에게 있다며 어떤 조치도 취하지 않는 것이었다. 비상사태라면 지상통제를 할 법도 한데 책임 회피를 하는 것 같았다.

"장 중위, 너 똑바로 전해. 야, 지금 안 빼면 총으로 쏴 버린다고 해."

정말 총으로 쏘진 않았겠지만, 상황이 너무 급해서 침착하게 상황을 조율해야 했던 나도 흥분했던지라 미군대위에게 고도와 방향을 바꾸라고 소리를 질렀다. 그랬더니 미군 대위도 그냥 조용히 앉아 있으라며 윽박질렀다. 서로 몸싸움도 벌어질 것 같은 살벌한 상황에서 전투기는 급기동하여 선회했다. 상황이 종료되자마자 조종사 작전 지휘관인 중령님이 탑다이스에서 내려와 내게 물었다.

"장 중위, 전투기 주파수 누구한테 있었어?"
나는 실제 주파수를 갖고 있던 미군 여자 소위를 가리켰다. 여러 번 같이 식사를 해서 친분이 있던 친구였는데, 사실 내 옆에 있던 대위의 지시를 받고 있어서 그 친구의 잘못도 아니었다. 하지만 화가 머리끝까지 치밀었던 중령님은 그 여자 소위에게 득달같이 달려가서 한국어로 욕을 해댔다.
"야, 니가 관제했어? 니네 나라에서나 그렇게 해. 여기는 대한민국이야."
오래 돼서 무슨 말을 했는지 정확히 기억이 나지 않지만, 어쨌든 육두문자를 섞어가며 고래고래 소리를 질렀다. 속이 시원했다. 3년간 미군부대에서 근무하며 미군에게 그렇게 욕하는 중령님은 처음 봤다. 다른 분이었다면 아마도 영어를 못한다는 열등감으로 한 마디도 안 하고 조용히 넘어갔겠지. 그 후 공식적인 항의 절차가 있었으면 좋으련만 나는 한낱 보잘것없는 중위로서 보이지 않는 곳에서 일어나는 일에 대해 많은 것을 알 수 없었다.

아직까지 우리나라에는 전시작전통제권이 없다. 미국, 중국, 러시아에 이어 세계 4위의 육군 군사력을 보유하고 있다는 인터넷 자료를 본 적이 있는데, 아직도 미군에 의지하지 않으면 북한의 위협

으로부터 스스로를 지킬 수 없다는 생각이 지배적인 것 같다. 자주국방을 이루지 못한 상태에서 자주 경제와 자주 정치를 논하는 것이 어불성설(語不成說)이다. 힘의 논리가 지배하는 세상에서 특정 국가에 힘이 물려있는 상태로 자주적인 국가를 경영한다는 것이 쉽지 않을 것이다. 김구가 〈나의 소원〉에서 밝혔듯이 스스로 우리 나라를 지킬 수 있는 국방력을 보유하기를 간절히 바란다. 그러기 위해서는 정치하는 사람들이 무조건 미국에 의존해야만 한다는 생각을 버리고, 스스로 우리를 지킬 수 있다는 확고한 신념이 먼저 자리를 잡아야 할 것이다. 나는 대한민국의 우수한 민족성과 저력을 믿는 사람 중의 한 명이다.

13코스
사진갤러리

13. Waterloo Sunset

곧은 길 끝에 지평선은 하늘과 맞닿아 있다.
지평선 너머로 나는 홀로 달려가고 있다.

돼지를 잡아먹은 까마귀가 머리 위를 맴돈다.
황소만한 까마귀들은 무리를 지어 먹구름이 된다.

풍화작용이 깃든 부채꼴 바위들이 세월을 품는다.
가시 많은 나무들은 하늘의 빗방울을 흡수한다.

엷어진 구름 사이에서 붉은 해가 그림자를 드리운다.
어찌하면 좋을까 발을 구르다가 울음을 먹는다.

아무도 없는 정적, 도달할 수 없는 유토피아.
곧은 길 끝에 지평선은 하늘과 맞닿아 있다.

공군 중위로 전역한 후 바로 태평양을 건너갔다. IMF 직후에 국내 기업은 매우 위축되어 신입사원을 거의 채용하지 않았기 때문에 구직에 성공하는 것이 쉽지 않았다. 서른이 다 되어가는 나이에 2천만 원 전후의 연봉을 받으며 내 젊음을 건다는 것 또한 매력적이지 않았다. 그 당시 서울의 아파트 매매 가격이 평균적으로 4억에서 5억 사이였는데, 20년을 벌어야 겨우 아파트 한 채를 살 수 있을 것 같았다. 아파트 한 채를 위해 젊음을 바치고 싶지는 않았다. 캐나다에서 새로운 돌파구를 찾기 위해 결정했으나 개인적으로 매우 불안정한 시기였다. 군복무 기간 동안 저축했던 얼마 안 되는 돈은 신용카드와 연계된 통장에 입금해놓고, 김포공항에서 한화 50만 원을 캐나다 달러로 환전한 후, 배낭 하나 달랑 메고 태평양을 건너갔다. 비행기 안에서 마음이 복잡했다. '내가 선택한 길이 올바른가. 새로운 삶은 나를 어떻게 이끌어갈 것인가.' 기대감보다는 불안감이 더욱 컸기 때문에 긴 비행시간 동안에 한숨도 잠을 잘 수가 없었다. 모든 것이 불투명해도 내게는 '젊음, 건강, 생각할 수 있는 머리'의 세 가지 자산이 있다는 것을 굳게 믿었다.

밴쿠버에 도착하여 입국 수속을 마친 후에 최종 목적지로 향하는 에드먼턴 행 비행기로 갈아탔다. 3시간 정도 비행했던 것으로 기억하는데, 옆자리에 앉았던 30대 중반의 백인 아저씨가 연신 창밖을 내다보며 긴장감을 감추지 못하고 있는 나에게 말을 걸어왔다. 서로 짧은 대화가 이루어진 후에 공항에 도착하면 나를 유스호스텔까지 안전하게 데려다준다는 것이었다. 공항에 도착하니 백인 아저씨의 아내와 두 자녀가 마중 나와 있었다. 일곱 살 정도로 보이는 막내아들이 아버지가 들고 온 커다란 캐리어를 건네받으며 직접 끌고 가다가 낮은 턱을 넘지 못하는 것이다. 보다 못해 내가 아이에게 도와줄까 물어보았더니 아이는 단호하게 "No."라고 말하며 여러 번 시도 끝에 결국 턱을 넘었다. "You see, I can do it."이라고 말하는 막내아들을 아버지는 거리를 두고 지켜보다가 자랑스러운 표정으로 엄지손가락을 치켜 세워준다.

국내에서 구입한 여행책자에 기록된 주소가 잘못되어 유스호스텔을 쉽게 찾을 수가 없었다. 장시간 여행의 피로에도 불구하고 그 아저씨는 물어물어 나를 유스호스텔에 안전하게 데려다 주었다. 다음날 일어나자마자 영어 수업을 수강하기로 한 앨버타 대학교를 찾아 나섰다. 버스 기사에게 어디서 내려야 되는지 서투른 영어로 물어보았더니 'Young man'이라는 호칭으로 나를 부르며 자세하게 대답해 주었다. 버스에서 내려 가리킨 방향으로 가려고 하는데, 갑자기 버스가 출발하다가 멈추면서 기사 아저씨가 큰 소리로 나를 불렀다. 그 방향과 반대로 가라고 하며 "Young man, good luck."이라고 기분 좋게 외쳤다. 버스 기사의 얼굴에는 미소와 여유가 있었다.

캐나다로 건너가기 직전에 눈에 결막염이 생겨 몇 주간 치료를 받았다. 안약, 안연고, 항생제까지 먹었는데 잘 낫지 않았다. 캐나다에 가자마자 결막염이 도져 두 눈이 시뻘겋게 부었다. 의료보험도 들지 않은 상태였기 때문에 병원 치료비가 무서워 적절한 치료를 받지 못했다. 기숙사 식당에 있는 냉장고에서 우유를 꺼내고 냉장고 문을 닫았는데, 반대편에 있는 백인 학생과 가까이서 눈이 마주쳤다. 근육질에 덩치가 큰 학생이었는데, 나를 보자마자 뒤로 까무러쳤다. 그만큼 내 눈 상태가 심각했다. 일주일이 지나니 사물이 두 개로 보이기 시작했다. 이를 안타깝게 여겼던 동양인 학생이 자신의 의료보험증으로 병원에서 치료를 받아보라고 했다. 의료보험증에는 사진이 붙어있었지만, 병원에서는 사진과 얼굴을 일일이 대조하지 않았고, 나는 무사히 치료를 받을 수 있었다.

결막염이 악화돼 각막에도 약간의 손상이 있었다. 처방전에 따라 약국에서 eye drop(안약)을 사서 눈에 몇 방울 떨어뜨렸을 뿐인데 그 다음 날 바로 회복되기 시작했고, 며칠 후에 정상으로 돌아왔다. 한국에서는 안약, 안연고, 항생제까지 먹어도 잘 회복되지 않았는데, 캐나다에서는 안약만으로 쉽게 결막염을 치료할 수 있었다. 그때가 2001년도였는데, 의료보험증을 제시하니 병원에서 치료비는 단 한 푼도 받지 않았다. 그 당시 내 친구는 캐나다에서 제왕절개로 아이를 낳았는데, 치료비가 전혀 들지 않았다고 한다. 의료비가 엄청나게 비싸다고 알고 있었는데, 의료보험에 가입한 환자는 따로 치료비를 내지 않았다. 하지만 치과 치료는 기본적인 의료보험에 포함되지 않아 따로 가입하지 않으면 치료비가 많이 들었다. 또한, 전문의에게 진찰을 받으려면 미리 예약을 하고 때로는 며칠을 기다려야 한다. 의료 시스템은 한국이 더 발전한 것 같으나 의료 복지는 캐나다가 더 나은 것 같다.

앨버타 대학교(University of Alberta) 근처의 사설 기숙사에서 캐나다 생활을 시작했다. 기숙사 식당에서 제공하는 뷔페 형식의 캐나다 음식을 한 달 동안 먹으니 한국 음식에 대한 그리움이 간절했다. 기숙사에 아는 친구에게 물어물어 한국인 학생을 만날 수 있었다. 교환학생으로 온 여학생과 회사에서 휴직을 신청하고 어학연수를 하고 있던 여학생 두 명이 같은 기숙사에서 생활하고 있었다. 우리는 서로 통성명을 하고 한국 어디에서 왔는지 물어보았다. 나는 생각 없이 "북한에서 왔는데요."라고 농담을 했는데, 그 두 여학생

은 몇 달 동안 나를 피해 다녔다. 그 학생들이 내 말을 믿을 거라고는 상상조차 하지 못했다. 그때까지 내 표정이 너무 진지해서 앞으로 농담을 할 때는 미소를 짓기로 했다. 어쨌든 그 친구들 덕택에 대학 근처에 있는 한국 식품점에서 컵라면과 봉지김치를 사 와서 냄새가 날까 봐 방에서 혼자 먹던 기억이 생생하다. 너무 맛있어서 눈물, 콧물을 흘리며 먹었다. 정말 맛있는 음식을 먹으면 눈물이 난다는 것을 그때 알았다.

어느 정도 캐나다 생활에 익숙해졌을 때, 캐나다 학생들과 같이 살게 되었다. 한 학생이 하우스를 통째로 임대해서 다른 학생들에게 방을 세주었다. 2층에 있던 방 하나를 임대했는데 한 달에 200달러(약 18만 원)로 매우 저렴했다. 백인 여학생 세 명과 흑인 남학생 한 명과 함께 살았는데, 백인 여학생들은 생화학과 대학원, 지리학과 대학원, 교육대학에서 공부하고 있었고, 흑인 남학생은 나이지리아에서 국비 장학생으로 온 수재로 컴퓨터학을 전공하는 대학생이었다. 친구들은 주말마다 나를 데리고 다니며 캐나다 문화를 실컷 경험하게 해주었고, 우리는 가족같이 친하게 지냈다. 그때 맥주를 거의 매일 마셔서 내 별명은 '버드와이저'였다. 텔레비전 광고에서 '버드와이저'가 'King of Beer'로 불렸기 때문이다.

한 번은 후배가 놀러 와 둘이서 밤새도록 캔맥주를 20개 정도 먹은 적이 있었다. 다음 날, 같이 사는 친구는 우리가 밤새워 먹은 캔맥주의 양을 보고 놀라기에, 이 정도는 마셔야 한국인 남자라며 자랑처럼 떠벌렸다. 그 친구는 나에게 "Shame on you.(부끄러운 줄 알아라.)"라고 일침을 놓았다. 캐나다에서는 술을 많이 먹는 것은 알코올 중독자로 취급받으니 자랑할 일이 아니다. 나는 타지에서 자유로움을 마음껏 즐기다가 원하는 바를 이루지 못했지만, 캐나다에서의 즐거웠던 추억을 잊지 못하며 살아가고 있다.

2013년, 제주에 정착한 후에 지인들이 찾아오기 시작했다. 학교 후배가 겸사겸사 제주에 여행 와서 만나자고 연락을 했다. 사려니 숲길을 걸은 후에, 버스를 타고 제주 시외버스 터미널에 오기로 했다. 터미널에서 한참을 기다린 후에야 후배를 만날 수 있었다. 버스에서 내리자마자 기사가 너무 불친절하다며 불평을 늘어놓았다. 사려니 숲길에서 버스를 탄 후 몇 정거장 지나서 시외버스 터미널에 가는 버스가 맞느냐고 물어보았더니, 버스 노선을 제대로 알고 타라고 면박을 주더라는 것이다. 터미널 부근에서 내려달라고 말했더니 근처에 가면 알려주겠다며 그냥 앉아 있으라고 말했다고 한다. 기분이 상한 후배는 제주를 떠날 때까지 사람들의 불

친절에 대해 불평했다.

3년 동안 제주에 살면서 제주 토박이가 운영하는 식당에 들어가면 반갑게 손님을 맞는 경우는 드물었던 것 같다. 필요 이상의 친절을 육지에서 경험해서인지 제주의 식당에 가면 분위기가 사뭇 어색하다. 집 앞 철물점에 갔다가 주인의 불친절함에 기분이 상한 채로 돌아온 적도 있었다. 제주는 매년 천만 명 이상의 관광객이 몰려드는 도시이다. 관광객들이 잊지 못할 아름다운 추억의 공간으로 기억하는 데에는 여행지에서 만나는 현지인도 큰 역할을 한다. 그러나 때로는 현지인들에 대한 거부감으로 다시는 그 여행지를 찾지 않는 사람들도 있다.

일본에서 식당이나 상점에 가면 종업원들이 정말 친절하다고 한다. 우리는 무릎까지 꿇으며 정성을 다하는 일본인의 모습을 미디어를 통해 쉽게 접할 수 있다. 친절이라는 말 또한 원래 일본에서 유래됐다고 한다. 사무라이가 스스로 자결을 하기 위해 할복(割腹)을 하면 가장 친한 사람의 고통을 덜어주기 위해 친히 목을 베어주는 사람을 지칭하기 위해 친절이라는 단어가 사용됐다고 한다. 제주는 대한민국을 대표하는 관광지로서 친절(親切)이라는 단어를 깊이 새겨볼 만하다.

14코스
사진갤러리

14. 이젠 어디로 가야 하지요

힘껏 달려 왔지요.
목숨을 걸고 성취를 이루리라 그렇게 달려 왔네요.
그런데
이젠 어디로 가야 하지요.

사면이 막혀 있어요.
동 서 남 북 하나도 뚫린 곳이 없네요.
이럴 땐
땅에 구멍을 파고
새앙쥐와 담소를 나누며
피안의 세계를 도모해야겠어요.

그래요
과거의 길을 걷고
현재의 길을 걷고
미래의 길을 걸으며
그저 그렇게 걸어가는 모습이
눈물겨워
가을 하늘의 구름에
희망을 걸어봅니다.

그런데
이젠 어디로 가야 하지요.

배낭 하나 달랑 메고 태평양을 건너가 내 생애에 짧지만 가장 즐거운 시간을 보냈다. 하지만 경제적인 문제로 자유로운 삶은 오래가지 않았다. 학업을 중단하고 캐비닛을 만드는 회사에 취직했다. 그곳에서 컴퓨터로 재단하는 CNC Machine을 컨트롤하는 일을 하였다. 회사를 통해 영주권 수속도 들어가고 캐나다에 안정적으로 정착하기 위해 많은 노력을 기울였다. 돈을 더 많이 벌고 싶은 욕심에 조그만 사업을 시작했는데, 그게 문제였다. 계속 실패를 거듭하다가 다시 한국으로 돌아오게 되었고, 서른을 훌쩍 넘어버렸다. 한국에서 신입 공채로 회사에 입사하기에는 나이가 많았고, 빈털터리 상황에서 할 수 있는 일은 아무것도 없는 것만 같았다.

경기도 분당에 있는 학원에서 학생들을 가르치기 시작했다. 처음에는 다른 대안이 없어서 시작했지만, 학생들을 가르치는 일에 보

람을 느꼈다. 학원 원장님이 다른 학원을 인수하면서 나를 부원장으로 승진시키고 능력을 인정해 주셨다. 나에 대한 학부모님들의 신임도 두터워서 자녀를 위해 내 앞에서 눈물을 흘리는 어머니들도 있었다. 그럴수록 나는 더욱 열심히 학생들을 가르쳤다. 일주일에 하루도 쉬지 않고 달렸다. 그러다가 공교육으로 들어가 학생들을 가르치고 싶다는 열망으로 삼십대 중반에 교직 이수까지 하게 되면서 나는 그야말로 적토마를 타고 질주하고 있었다.

아파트에서 월세로 결혼생활을 시작하였지만, 단기간에 돈을 모아 전세로 전환시켰다. 하지만 쉬는 날 없이 늦게까지 학생들을 가르치면서 점점 지쳐갔다. 사교육을 떠나 공교육 현장에서 학생들을 가르치면서 안정적으로 삶을 꾸리기 위해 30대 후반에 임용고사 시험공부를 하게 되었다. 과도한 열정과 스트레스로 인해 그동안 좋지 않은 부분들이 터지기 시작했다. 폐렴에 걸려서 한동안 내과 치료를 받고, 비염이 심해져 코 내부에 뼈를 자르는 비중격 수술을 하고, 몸의 여러 기관들에서 탈이 나기 시작했다. 목표를 세우고 마음으로 결단하면 단기간에 초고속 질주를 하는 성격이라 몸 상태를 고려하지 않고 무조건 견디려고 했다. 불혹이 가까운 나이까지 투지로 살아왔으니 몸은 더 이상 견디기 힘들다는 신호를 보

내왔던 것이다.

어느 날 아침, 바지를 입다가 허리가 꺾이면서 그대로 바닥에 쓰러졌다. 결혼할 때부터 자주 허리가 아파 고생을 하면서도 적절한 치료를 받지 않았다. 임용고사 시험공부를 한다고 하루에 열두 시간 이상 의자에 앉아 책을 봤더니 목과 허리에 통증이 잦았는데, 결국 일이 터지고 만 것이다. 그날 나는 몇 시간을 그렇게 바닥에서 꼼짝 못하고 누워 있다가 결국에는 구급차에 실려 응급실로 갔다. 그때부터 의자에 앉는 것이 힘들었고 병원을 찾는 횟수가 늘어가면서 자연스럽게 임용고사 준비를 포기했다. 다시 한 번 구급차에 실려 가면서 7개월 된 아들의 얼굴이 계속 눈에 밟혔다. 고개만 숙여도 극심한 통증을 느꼈고 앞으로 걸을 수 없을지도 모른다는 두려움이 밀려왔지만, 그보다 더욱 마음을 괴롭혔던 것은 아들과 아내에 대한 책임감이었다. 다행히 디스크의 문제가 심각하지 않았고, 다시 생활 전선에 뛰어들어야만 했다.

대치동의 한 논술학원에서 일 년을 보내면서 요통과 함께 전체적인 건강 상태가 더욱 악화되었다. 잦은 설사와 소화 장애로 건강

진단을 해보니 콜레스테롤과 당뇨 수치가 높고 고지혈증에 대한 위험 진단이 내려졌다. 매일 아침마다 허리가 삐끗할까 봐 조심해야 했고, 매일 밤에는 벼랑 끝에서 힘겹게 가는 줄에 매달려 버둥대는 악몽에 시달렸다. 그럼에도 불구하고 나는 달리는 것을 멈추지 않았다. 적토마와 같이 달리고 싶었지만 허리가 꺾이면서 더 이상 걷기도 힘들어졌다. 결국 절망감으로 땅끝에 서게 되었다. 나는 어디로 가야 할지 머리를 쥐어뜯으며 고민했다. 땅끝에서 바다를 가로질러 수평선을 바라봤다. 수평선 너머에는 내가 젊었을 때부터 꿈꾸었던 유토피아가 있을 거라 믿었다. 선택을 해야 했다. 하지만 그 선택은 책임이 뒤따르는 모험이었다.

나에 대한 학부모님들의 신임도 두터워서 자녀를 위해 내 앞에서 눈물을 흘리는 어머니들도 있었다. 그럴수록 나는 더욱 열심히 학생들을 가르쳤다. 일주일에 하루도 쉬지 않고 달렸다.

Story 3

길

15코스
사진갤러리

15. 복수는 나의 것

빨리 안 자면 산타 할아버지가 선물을 안 주신대.
아빠는 다섯 살 아들에게 협박한다.
그러면 아빠가 산타가 되어 선물을 주면 되지.
협박이 통하지 않는다.
아들이 피아노를 치는 옆에서 엉덩이를 툭툭 부딪기며
장난으로 건반을 두드렸더니,
자꾸 장난치면 피아노 갖다 버린다.
이제 아들은 아빠를 협박한다.
어디서 많이 들어본 말이다.
기억할 수 없는 시간의 공간 속에서
아빠에게 들었던 말들을 아들에게 똑같이 토해내곤 한다.

2015년 12월 크리스마스 이브.

한 아이는 냉장고 안에 구겨진 채
일곱 살의 나이로 3년간 동태가 되었다.
여러 군데 살점을 그 아비에게 뜯어 먹히고
일부는 변기통에 버려졌다.
아비 또한 그 아비에게 폭력에 시달렸다.
아비는 아비에 대해 분노의 칼을 갈았고,

복수의 칼날을 아들에게 꽂았다.
끊임없이 반복되는 대물림의 블랙 체인을
어린 아들은 죽음으로 끊었다.

더는 아들에게 복수해서는 안 된다.
아들에게 복수의 칼을 물려줘서는 안 된다.
아빠가 죽어야 한다.
매일 매일 죽어야 한다.
복수는 아들의 것이 아니다.

어느 날 사우나에서 뿌옇게 수증기로 덮인 거울을 보고 소스라치게 놀랐다. 거울 안에는 아버지의 얼굴이 있었다. 약간 밑으로 처진 눈매에 광대가 도드라지고 콧대가 높아 전형적인 서구적 얼굴로, 훤칠한 키와 건장한 풍채를 지닌 아버지는 세인들에게 매우 호감 가는 분이셨다. 아버지와 매우 흡사한 골격으로 태어났지만, 날카로운 눈매에 콧대가 낮아 내 외모가 풍기는 분위기는 아버지와 아주 다르다고 생각했다. 그런 내 얼굴에서 아버지 얼굴을 발견

했을 때 가슴 속 깊은 곳에 켜켜이 쌓여있던 한숨이 온종일 흘러나왔다. 40대 중반의 나이에도 불구하고 내게 끼쳤던 아버지의 흔적이 삶의 곳곳에서 무의식적으로 돌출될 때마다 아무도 없는 동굴 안으로 들어간다.

유복하게 어린 시절을 보내셨던 아버지는 꿈 많은 고등학교 시절에 할아버지, 할머니를 여의셨다. 그리고 나이 어린 동생들과 함께 살아갈 길이 막막하셨을 것이다. 냉혹한 현실 속에서 많은 실패를 거듭하셨고, 그때마다 느꼈을 좌절감이 아버지의 생을 갉아먹었다. 그런 아버지가 따뜻하게 안아주셨던 기억들은 사라지고 내게는 안 좋았던 기억들로 가득했다. 부모님이 돌아가시면 좋았던 기억들만 되살아나 마음을 아프게 한다고들 하는데…. 아직까지 아버지의 모습을 그대로 받아들이기에는 깊이 묻어둔 응어리가 풀리지 않는다.

아들이 이유식을 시작하고 처음으로 인간답게 쌌던 똥을 기억하고 있다. 모유를 먹을 때는 늘 물똥을 쌌는데, 걸쭉한 황금색의 덩어리를 보면서 아들이 대견스러웠다. 그때는 전혀 더럽게 느껴지지 않았던 아들의 똥을 기념사진으로 남겨놓았다. 그렇게 사랑스러운 아들에게 나는 감정을 통제하지 못할 때가 있다.

언젠가는 아이가 밤새도록 울며 떼를 썼다. 모유를 먹던 시기라 아들은 엄마의 곁에서 떨어지려 하지 않고 밤새도록 우는 통에 아내는 더 이상 견딜 수가 없는 지경에 이르렀다. 내가 달래보려고 여러 번 시도했으나 아들은 내 품을 벗어나기 위해 발버둥을 치며 엄마만을 찾았다. 돌도 지나지 않은 아이를 침대에 거칠게 내려놓으며 훈계를 넘어서 고함을 지르고 악을 쏟아냈다. 아들은 한참을 나에게 시달리다가 엄마의 품으로 돌아가 "휴~" 하고 안도의 한숨을 길게 내뱉었다. 그리고 나는 며칠 동안 말을 하지 않았다.
아들은 여섯 살이 된 지금도 매일 밤, 한두 번은 깬다. 음식 알레르기가 심해서 조금만 잘못 먹어도 밤에 긁느라 괴로워한다. 호흡곤란이 와서 응급실에 갔던 적도 여러 번 있었다. 밤에 아들이 깨서 칭얼대고 날카로운 목소리로 울어대면 잠이 홀라당 달아나고 때로는 견디기 힘들 때가 있다. 아침에 유치원 차를 기다리며 아들과 몇 마디 대화를 주고받다가 울음으로 자신의 마음을 표현했던 어린 아들에게 그만 좀 울라고 소리를 질렀던 나의 못난 모습을 반성하고 반성했다.

"선우야… 밤마다 울고, 밥 먹을 때마다 울고 칭얼대면 엄마하고 아빠는 힘들겠지? 선우가 안 울면 너무너무 좋겠다."
"아빠… 그럼 난 언제 울 수 있어요?"

제주에서 학생을 가르칠 때 일이다. 평소에 쾌활하게 자신의 생각을 잘 표현하는 한 여학생이 안 좋은 얼굴로 수업에 늦게 들어왔다. 왜 늦었는지 이유를 물으니, 느닷없이 혼잣말로 아버지가 빨리 죽었으면 좋겠다고 말하는 것이다. 수업 진행을 위해서 학생을 진정시키고 쉬는 시간에 잠깐 얘기를 나눴다. 아버지와 심한 갈등을 겪고 있었다. 아버지가 자신을 투자의 대상이라고 여길 때마다 기분이 너무 상하고, 그 기대에 못 미칠 때마다 이어지는 잔소리를 견디기 힘들어했다. 아버지는 나름대로 딸에 대한 사랑의 표현이었을 텐데, 딸에게 거는 기대가 만족되지 않아 자신과 가족을 괴롭히고 있었다. 우리가 가족을 이루고 살아가는 이유는 서로 사랑하고 행복하게 살기 위해서다. 그러나 요즘 세대의 아버지들은... 과거에 입었던 상처, 삶의 현장에서 부딪치는 고난, 그것을 극복하려는 처절한 몸부림, 자식에 대한 왜곡된 기대감, 가족 안에서조차 쉴 수 없는 외로움으로 아파하고 있다.

2015년 후반기부터 아동학대 사건이 연달아 터지고 있다. 수년간 감금과 굶주림으로 학대를 받다가 너무 배가 고파서 가스 배관을 타고 탈출하자마자 가게에 들어가 음식을 훔쳐 먹었던 여자아이가 경찰에게 붙잡혔다. 열한 살이었던 그 아이는 네 살 아이의 몸

무게와 비슷했다고 한다. 그 후 장기결석 아동들에 대한 대대적인 수사가 이루어졌다. 얼마 지나지 않아서 오랜 구타를 견디지 못해 사망한 초등학생 시신이 살점이 뜯긴 채로 4년간 냉장고 안에서 방치되다가 발각되었다. 또한, 의붓엄마가 인적이 드문 거리에 버리고 온 일곱 살 아이에 대한 수색이 공개수사로 확대되어 아이의 생존 소식을 온 국민이 갈망했다. 버려진 후 아이가 겪었을 공포감을 생각하니 마음이 미어졌다. 얼마나 춥고 두려웠을까. 그러나 수사가 진행되면서 의붓엄마의 학대로 사망한 아이는 칠 일간 방치되다가 야산에 매장된 것으로 밝혀졌다. 소변을 가리지 못한다는 이유로 몸에 락스가 뿌려지고 폭력에 시달리다가 화장실에 갇힌 채 숨을 거두었다고 한다.

이쯤 되면 개인의 문제를 넘어서 사회가 심각하게 병들어가고 있음을 직시해야 한다. 어떻게 인간으로서 그럴 수 있을까 비난하기보다는 사회적 차원에서 근본적인 문제점을 드러내 해결책을 모색해야 한다. 그러나 일부 언론들은 아이를 키우는 부모들의 공분을 일으킬 수 있는 선정적인 단어를 사용하여 기사를 앞다퉈 보도하고, 뉴스 조회를 상업적으로 이용하기도 한다. 점점 아파하는 가장이 늘어나며 가정이 파괴되고 사회는 병들어가고 있다. 경제적인 발전만 추구하는 데 혈안이 되어 있는 환경 속에서 아이들은 희생당하고 있다. 부모의 가치관을 강요당하며 경제논리만 지배하는 디지털 세상 속에서 아이들은 근본적으로 왜곡된 사랑과 행복의 개념을 받아들이고 있다.

일주일 내내 학원에 시달려서 자기 전에 가끔 책을 읽어주는 것 외에는 아들과 함께 할 수 있는 시간이 거의 없었다. 제주도로 건너와서야 아들과 놀아줄 수 있는 시간과 마음의 여유가 생겼다. 하지만 여유로웠던 시간도 잠시였고, 제주도 정착을 위해 다시 일주일 내내 일을 할 수밖에 없었던 어느 날, 출근하는 나에게 아들은 말했다.

"아빠, 우리 집에 또 놀러 와. 같이 놀자."

가야 할 길은 멀고 해야 할 일은 많은데 육체적 질병과 정신적 스트레스는 스스로 감당할 수치를 넘어버렸다. 제주에 정착한 후 1년이 조금 넘었을 때 아내와 심하게 다투었다. 나도 모르게 원하지 않는 말과 행동이 나왔다. 옆에서 지켜보던 다섯 살짜리 아들이 나와 엄마를 오가며 한마디씩 했다. 그때 아들이 나에게 했던 말을 나는 평생 잊을 수 없을 것이다.

"아빠, 너 얼굴 늑대 같아. 넌 늑대야."

마음이 복잡했다. 건강악화로 정상적인 사회생활이 힘들어 제주도로 내려오면서도 아들에게 공간적인 고향을 갖게 해줄 수 있는 기대감으로 가슴이 벅찼다. 제주에서 가족과 함께 행복한 삶을 꿈꾸고 내려왔는데, 아내와 아들은 나로 인해 많이 힘들어하고 있었다. 마음은 그렇지 않은데 말과 행동을 통제하기 힘들었다. 점점 예민하고 신경질적으로 변해가며 스스로 무슨 방법을 취하지 않으면 안 되었다.

여섯 살이 된 아들이 아빠와 관련된 노래를 따라 부르다가 내 생각이 났는지 공부방에서 글을 쓰고 있는 나에게 다가와 고개를 푹 파묻고 나를 힘껏 안아주었다. 그리고 생각지 못한 말을 내게 건넸다.

"아빠, 미움 다툼은 하지 말고… 사랑하는 사람끼리는 좋은 말만 하는 거야. 알겠지?"

나는 겸손하게 아들의 말을 경청하고 마음에 새겼다. 내 마음의 상처가 아들로 인해 치료되는 것 같아 놀랍다. 아들이 나를 아버지로 만들어가는 신비로운 경험을 하면서, 아들에게 어린 시절의 행복한 추억을 선물할 수 있는 아버지가 되게 해달라고 기도했다. 날마다 과거의 나를 죽여 달라고 하나님께 기도했다. 어린 아들이 "아빠. 내가 사랑하는 거 알지?"라고 말할 때마다 마치 하나님께서 내게 속삭이는 것 같다. 나는 마음으로 이야기한다.
"아들아, 미안해. 그리고 사랑해."

지칠 대로 지친 가장들이여 길을 걷자. 바람이 부는 대로, 비가 오는 대로, 길이 굽어진 대로 길을 걷자. 걷다 보면 길 위에서 새로운 희망을 발견하게 될 것이다.

"아빠, 우리 집에 또 놀러와. 같이 놀자."
"아빠, 너 얼굴 늑대 같아. 넌 늑대야."
"아빠, 미움 다툼은 하지 말고… 사랑하는 사람
끼리는 좋은 말만 하는 거야. 알겠지?"

16코스 사진갤러리

16. 꽃과 나비

눈에서 불이 나오고
원하지 않는 말이 나올 때
살며시 눈을 감고 귀를 막아보자.
나는 내가 되지 아니한다.
아무것도 보이지 않고 들리지 않지만
어두움 속을 가만히 들여다보면
오르막길이 보인다.
길 끝에 지평선이 펼쳐있고
그 너머에는 무지개가 살고 있다.
어깨가 무겁고
허리가 쑤시고
다리가 저려온다.
주저앉고 주저앉고 주저앉고
이 모든 것이 네 탓이라고
식은땀을 흘리며 길 위에 서 있는 한 사내
하늘로부터 불어오는 바람이
사내의 얼굴을 어루만지고
눈물을 닦아주며 입을 맞춘다.
길 위에서 꽃을 볼 수 있게 되었다.
그리고 나비도

가끔 처음 보는 사람과 자기소개를 하며 함께 길을 걷는 것도 신선한 즐거움을 준다. 한참을 같이 걷다가 이야기를 하다 보면 서로 속내를 다 드러내 보여준다. 헤어질 때는 이미 정이 들어 아쉬운 마음이 들기 마련이다. 그러나 이번에 올레길 완주를 목표로 길을 걸을 때에는 사람을 만나기가 어려웠다. 주말에는 학생들을 가르치기 때문에 주로 주중에 걸었다. 그래서인지 대부분의 코스에서 줄곧 혼자 걸었다. 가끔 올레길을 걷는 사람을 마주치더라도 눈인사 정도 하면서 지나쳤고, 길동무가 된 적은 드물었다.

혼자 걷다가 무료할 때면 '사단법인 제주올레'에서 운영하는 홈페이지에 들어가 '함께 걷기'를 신청할 수 있다. '제주올레 아카데미 자원봉사자'와 함께 걸을 수 있는 프로그램인데, 누구든지 신청하면 사람들과 정답게 걸을 수 있다. 처음 한두 시간은 어색해서 말 붙이기가 어려운데, 점심식사를 할 때쯤이면 이미 서로 많은 대화가 오고 간다.

처음 함께 걷기 프로그램에 참여했을 때 인원이 꽤 많았다. 10명이 훨씬 넘는 인원이 함께 걸었는데, 몹시 쑥스러웠다. 나이가 들면 어느 정도 얼굴에 철판이 깔릴 만도 한데 아직까지도 사람들에게 먼저 말을 걸기가 힘들다. 예순이 넘은 어르신들이 많았는데,

그분들과 깊이 있는 대화를 나누기에는 공감대가 잘 형성되지 않았다. 그래도 잠깐씩 대화를 나누면서 삶의 흔적이 곳곳에 박혀 있는 어르신들의 표정을 바라보는 것이 좋았다.
내 나이 또래의 남자와 함께 걸으며 허리 건강에 대해서 많은 정보를 주고받았다. 그는 업무 중에 무거운 것을 들다가 디스크 수액이 터져 수술을 받았다. 그 후유증으로 두 번 더 수술을 받으며 고생이 심했다고 한다. 처음에 다쳤을 때 굳이 수술을 할 필요까지는 없었으나 산재보험금 때문에 수술을 받았다고 했다. 그는 대수롭지 않게 여기고 허리 디스크 수술을 받은 것을 매우 후회하며, 돈을 벌기 위해 수술을 유도하는 의사들도 많다는 것을 내게 강조했다. 올레길을 걷다 보면 아픔을 공유하면서 서로를 위로하기도 하고, 추억을 나누면서 시간 가는 줄 모르고 즐거운 시간을 보내기도 한다.

영어교육과를 졸업하고 고등학교에서 영어를 가르치는 30대 초반의 여자와 같이 길을 걸은 적이 있다. 그녀는 대학을 졸업하고 영국으로 건너가 석사 학위를 받았다고 한다. 영국에서 계속 살고 싶었으나 직업을 얻지 못해서 어쩔 수 없이 돌아왔고, 그 때문에 몇 년이 흘러도 마음을 잡지 못하고 있단다. 영국을 그리워하며

다시 돌아가고 싶은 마음이 절절하게 느껴졌다. 그녀는 현재 생활에 만족하고 영국으로 돌아가고 싶은 마음을 정리하기 위해 제주에 내려와 올레길을 걷고 있다고 말했다.

우리는 걸으면서 영화 '히말라야'에 대해서 얘기했다. 영화의 주인공이었던 '박무택'은 히말라야 산을 오를 때마다 다시 돌아올 자신이 없다며 여자 친구와 결별했다. 하지만 그는 히말라야 원정을 위한 산악 훈련장까지 찾아온 여자 친구와 결혼했고, '엄홍길'과 함께 히말라야 정상을 정복해 나갔다. '엄홍길'이 은퇴를 선언하게 됨에 따라 '박무택'은 자신이 직접 팀을 이끌고 원정대장의 자격으로 히말라야를 정복하고 하산하는 길에 조난당했다. 그는 끝내 사랑하는 아내와 아들이 있는 행복한 가정의 품으로 돌아오지 못했다. '박무택'을 비롯하여 히말라야 산을 좋아하는 사람들이 생명의 위협을 무릅쓰고 산을 오르려고 한 이유가 궁금했다. 영화의 등장인물들이 산을 오르는 이유에 대해 인터뷰하는 대사를 그대로 기록해 보았다.

"담배 같다 캐야 하나. 아… 에… 그라이카네 그게, 한 번 그 맛을 딱 알아뿌면 끊어도 끊는 게 아니라 참는 거라 카잖아요."

"밥이 맛있어서요… 크하하하하."

"제가 그… 왜 그 산에 오르냐면요. 일단 산이 빡악 주는 정기, 정기 그거를 호연지기라고 하는데, 남자라면 한 번 싸, 봐, 야, 봐, 호, 연, 지, 기. 하하하하하.”

“산에 올라가는 기 사실은 힘들죠. 힘든데, 그 힘든 걸 이겨내고 나면은 진짜 행복하거든요. 거 계산 복잡하게 생각하면 산에 절대 못 갑니다.”

나는 마음 깊숙이 내재하는 본능에게 물어본다.
내가 정말 원하는 것이 무엇인지.
나를 진짜 행복하게 하는 것이 무엇인지.
그리고 계산 복잡하게 생각하지 않고 그것을 할 수 있는지….

"산에 올라가는 기 사실은 힘들죠. 힘든데, 그 힘든 걸 이겨내고 나면은 진짜 행복하거든요. 거 계산 복잡하게 생각하면 산에 절대 못 갑니다."

17코스
사진갤러리

17. 회초리 토막살인

정직함 Vs 경쟁에서 승리하는 것이 최선
진리 탐구 Vs 성적 향상에 초점
진실한 우정 Vs 성공을 위한 인맥의 중요성
도전과 모험 Vs 안정 추구
지역사회에 기여 Vs 독식을 위한 강자 지향
공정한 판단 Vs 자신에게 유리하게 판단
약자를 배려하고 강자에게 저항함 Vs 약자를 짓밟고 강자에게 비굴함
……
더 좋은 대학에 입학할 수 있는
더 좋은 회사에 취직할 수 있는
더 많은 돈을 벌 수 있는
사이보그 제작 공장.
더 이상 교육은 없다.
우리는 모두 회초리 토막살인의 공모자이다.

제주에 내려오기 직전에 우리나라 사교육의 메카인 대치동의 한 논술학원에서 학생들을 가르쳤다. 사교육 시장에도 철저한 권력관계가 형성되어 있는데, 그 권력의 핵심은 가르치는 학생들의 숫자에 있다. 내가 얼마나 많은 학생을 가르치느냐 즉, 내가 얼마나 많은 매출을 올리느냐에 대한 가치가 강사들 간에 권력의 상하관계를 형성시키고, 때로는 그 사람을 '일타'로 혹은 '스타강사'로 자리매김해 준다. 권력을 움켜쥔 강사는 철저하게 자신의 밥그릇을 지켜나가기 위해 수단과 방법을 가리지 않는다.

지금은 '아주경제'에서 기자생활을 하고 있는 젊은 친구와 같은 시기에 학원에 들어가 교육을 받았다. 명문대 정치외교학과를 나온 그는 비판적인 태도로 소신껏 자기 의견을 밝혔는데, 위협감을 느낀 선배 강사들의 모의로 아예 입시 논술 강의에서 배제되었다. 그는 1년을 버티지 못하고 그만두었다. 나 또한 모교 선배가 움켜쥐고 있는 밥을 같이 먹자고 숟가락을 얹었다가 된통 혼이 났다. 몇 년 동안 죽을 고생을 해서 움켜쥔 밥그릇인데, 감히 그것을 나눠 먹자고 했으니 그럴 만도 했겠지.

나는 생존을 위한 전쟁터에서 치열하게 싸우고 싶지가 않다. 진흙탕 싸움을 해야 하는 그런 상황이 싫다. 우리 아이는 밥그릇 싸움을 처절하게 해야만 하는 치열한 경쟁사회가 아닌, 아름다운 자연과 더불어 서로 도와주는 인간적인 사회에서 살아갈 수 있기를 꿈꾸며 제주행을 결심했다.

제주에 내려와서 몸과 마음을 추스르며 한동안 여유롭게 쉬고 싶었다. 그러나 마음먹은 대로 되지 않았다. 학원 생활을 하다 보니 주말이나 저녁에는 거의 쉬어본 적이 없었다. 그렇다고 낮에 여유가 있었던 것도 아니었다. 바쁜 일정 속에서 여유를 즐기는 법을 잊어버렸다. 달리지 않으면 걷기라도 해야 했다. 낯선 제주에서 불안정한 삶에 대한 걱정으로 인해 쉴수록 더욱 초조해졌다.
한 달간의 불안한 휴식을 마치고 다시 학원에서 학생들을 가르치기 시작했다. 종합학원 전임으로 근무하게 됐는데 월급이 180만 원이었다. 제주의 평균임금이 낮다는 것은 알았으나, 학생들 관리, 학부모 상담, 매주 과제 출제와 채점, 강의 등 업무량에 비해 월급이 너무 적었다. 학원뿐만 아니라 월급 200만 원이 넘는 직업군은 제주에 그리 많지 않다. 주말에 다른 학원에서 학생들을 가르치게 되면서 수입은 늘었지만, 제주에서도 일주일 동안 하루도 쉬지 않고 일하게 됐다. 40대 가장으로서 어쩔 수가 없었다.

어느 날, 수업 중에 상담실장이 잠시 나와 보라는 것이다. 강의실

을 나가 안내 데스크로 걸어가는데 학부모로 보이는 한 남자가 내 이름을 확인하더니 다짜고짜 머리채를 잡고 발로 차려는 것이었다. 지금까지 살아오면서 한 번도 머리채를 잡혀본 적이 없는 나는 그 상황이 너무 당황스러웠다. 주변 선생님들의 도움으로 그 사람을 저지하고 이유를 물어보았다. 그 남자의 딸이 학원에 다니는데 수업시간에 나한테 맞았다는 것이다. 제주도에는 그때까지 학원 체벌이 남아있었지만 나는 여학생을 체벌한 적이 없었기 때문에 그 사람에게 강하게 항변했다. 학생을 데려와서 직접 사실 확인을 해보자고 주장했더니, 만약 때린 것이 사실이라면 당장 경찰에 고소하겠다고 했다. 순간, 그 사람이 정확한 사실을 아직 확인하지 않았다는 것을 미루어 짐작할 수 있었다.
그는 소란을 잠시 멈추고 학생과 통화를 했고, 나를 학원 밖으로 데리고 가더니 담배를 권하면서 자기가 성급했다고 사과를 했다. 이미 학생들과 선생님들 앞에서 협박과 욕설을 들은 나는 자존심이 구겨질 대로 구겨져서 그대로 넘어갈 수가 없었다. 그 남자에게 학생과 어머니와의 대면을 요구했고, 어떻게 이런 일이 벌어졌는지 정확한 상황을 들을 수 있었다.
학생은 부모님이 이혼을 해서 친아버지와 살고 있는데, 오랜만에 어머니를 만나 쇼핑도 하면서 즐거운 시간을 보냈단다. 그러던 중 시험을 잘 봤냐는 어머니의 물음에 학생은 "학원에서 국어 선생님이 수업 시간에 때려서 기분이 나빠 공부를 안 했어."라고 말했다는 것이다. 화가 난 어머니는 재혼한 남편에게 그 사실을 전화로 전했고, 그 남자는 정확한 사실 확인을 하지 않은 채 득달같이 달려와서 내 머리채를 잡았던 것이다. 그들 앞에서 학생에게 물어보았다.

"내가 수업시간에 널 때렸니?"

"아니요."

"그런데, 왜 때렸다고 말했니?"

"수업시간에 저만 혼내셨잖아요."

"내가 잘 기억이 나지 않는데, 언제 그랬니?"

"마지막 시험 대비할 때요."

"내가 너만 미워해서 그랬겠니? 네가 떠들어서 그런 거 아니니?"

"다른 애들도 떠들었어요. 나만 떠들지 않았다고요. 선생님은 왜 저만 미워해요?"

"국어시험은 몇 점 맞았니?"

"사실은 100점 맞았어요. 죄송해요. 선생님."

머리가 멍해지면서 아무 말도 할 수가 없었다. 그때 기억으로는 시험 마지막 대비 시간에 학생들이 떠들어서 주의를 준 것 같다. 그 학생이 유독 떠들어서 주의를 주며 손바닥으로 학생의 등을 툭 친

것 같기도 했다. 그런데 그 학생은 내가 자기만 미워한다고 생각했다. 평소에 발랄하고 말이 많았던 귀여운 학생이었는데, 그 학생 어머니의 새 남편에게 머리채를 잡힐 줄이야 누가 알았겠는가. 그 남자는 학원에 올라와 선생님들이 모인 자리에서 공개적으로 사과를 했지만 나는 마음의 상처를 받았고 쉽게 아물지 않았다. 학생들이 더 이상 사랑스럽지 않았다. 그 후 고등부 반편성과 시간표를 문제 삼으며 그 학원을 그만두었다.

초등학교 6학년 때 일이다. 담임선생님은 외동아들을 둔 마흔 살의 여자였는데, 수업시간에 아들과 남편 자랑을 많이 하셨던 것 같다. 어느 날, 무슨 이유 때문인지 모르겠지만, 기분이 몹시 안 좋으셨다. 쪽지 시험을 본 후 꼴등을 한 남학생과 여학생을 칠판 앞으로 나오라고 하셨다. 그리고 60명이 넘는 반 학생들에게 모두 줄을 지어 꼴등한 두 학생의 뺨을 때리라는 것이었다. 선생님의 폭압적인 명령에 반 아이들은 두 학생의 뺨을 때리며 지나갔고, 나 또한 동참할 수밖에 없었다. 담임선생님은 약하게 때렸다며 내 뺨을 세게 갈기고는 이렇게 때리라고 윽박질렀다. 그때는 선생님이 무서웠다. 감히 선생님의 말을 거역하는 것을 상상할 수조차 없었다. 쪽지 시험에서 꼴등한 것이 무슨 대단한 잘못이라고 같은

반 학생들에게 60대 이상의 빰을 맞아야만 했던가. 그 두 친구들은 지금 어떻게 살고 있을까? 벌써 30년이 흘렀는데, 그 사건을 기억하고 있을까? 오랜 세월이 흘렀어도 가르치는 학생들에게 씻을 수 없는 상처를 입힌 선생님을 지금도 처벌할 수 있을지 궁금하다.

시대가 많이 바뀌었다. 지금은 선생님이 무섭다기보다는 가르치는 학생과 학부모가 더 무서워진 세상이다. 특히 수강료를 받고 가르치는 학원 강사들은 학생과 학부모를 고객 대하듯이 해야 한다. 성적이 떨어지면 상담을 통해서라도 학원 퇴원을 막아야 하고, 1점이라도 올리기 위해 기계적인 학습을 반복하며 아이들을 혹사시킨다. 그렇게 해서 올린 점수가 학생에게 어떤 의미가 있을까? 고등학생이 되어서도 학원과 엄마가 계획해준 대로 따르는 수동적인 학생이 과연 원하는 대학에 갈 수 있을까? 원하는 대학에 간다면 제대로 공부할 수 있을까? 부모와 사회가 원하는 대학을 졸업하고도 행복할 수 있을까?

이런 상황에 대해 학부모들도 대부분 회의적으로 생각하고 있지만, 끊임없이 사교육을 찾고 있다. 이것은 아마도 공교육이 학부모들의 욕구를 채워주지 못하기 때문일 것이다. 대한민국 사회에서 현대인이 추구하는 성공과 직결되어 있는 학벌주의와 사회적인 편견이 해결되지 않는 한, 입시 제도의 변화로 교육의 문제를 해결할 수는 없다. 대학입시만을 준비하기 위해 존재하는 학교가 아니라, 우리 아이들이 기초 체력을 다지면서 사회 정의를 배울 수 있고 미래의 꿈을 발견해 가며 자라가는 학교로 바뀐다면 얼마나 좋을까? 그러한 변화를 이루기 위해 나는 무엇을 해야 할까? 교육에 대한 새로운 패러다임을 정착시키고, 사회 전반적인 인식과 분위기를 바꾸어 나가는 것은 우리 시대가 회피해서는 안 될 중요한 과제이다.

18코스
사진갤러리

18. 가면무도회

3밀리 상판 두께 안으로 오그라든 얼굴
그 얼굴을 뒤덮은 3밀리 상판
스스로 선택한 상판을 뒤집어쓰고
매일 매일 무도회를 간다.
몸부림치도록 즐기려 애썼던 무도회가 끝나면
상판은 얼굴에 상처를 낸다.
상처 입은 얼굴은 점점 썩어가고
끈적끈적한 고름으로 악취가 난다.
썩은 얼굴에 새살을 돋우게
현학적인 상판을 얼굴로부터 도려내야겠다.

아는 사람이 지나가면서 "우리 언제 밥 한번 먹어요."라고 말을 건넬 때, "언제 먹을까요?"라고 응대하면서 구체적인 약속을 정하려고 하면 눈치 없는 사람으로 간주된다. 특히 한국 생활이 얼마 되지 않은 외국인들은 지키지 못할 말을 남발하는 한국인들을 이해하지 못하는 경우가 종종 있다고 한다. 우리나라 말에는 어디까지나 형식적인 인사치레 혹은 겉치레가 많다. 말은 사고와 문화를 반영한다고 하는데, 그렇다면 우리의 사고와 문화에 이중적인 모습들이 많은 것일까.

인간관계에서 믿음은 아주 중요한 덕목이지만, 우리는 사람을 믿을 수 없는 세상에서 살아간다. 아는 사람들 사이에서도 언제 뒤통수를 맞을지 모르는데, 잘 모르는 사람을 믿는다는 것은 정말 어리석은 짓이다. 믿음은 한자로 '信'이며 '人(사람)'에 '言(말)'을 합친 것이다. 결국 믿음은 사람의 말로부터 형성된다는 것인데, 우리는 겉치레의 말을 너무 많이 늘어놓음으로써 믿음은커녕 서로 의심하고 방어하며 살 수밖에 없다.

우리는 속내를 감추기 위해 가면을 쓴다. 개인의 노력과 인성보다는 사회관계 속에서 많은 것들이 이루어지므로 더욱 매력적으로 자신을 포장해야 하는 것이다. 때로는 겸손한 척, 때로는 잘난 척,

때로는 주변 인맥이 탄탄한 척을 하며 자신을 과장해 보인다. 자신의 모습을 가면 안에 감추고, 더욱 화려한 가면을 쓰고 있는 사람과 관계를 맺으려고 혈안이 되어있는 무도회장. 겉모양은 화려하나 가면 안에 감추어진 얼굴에서 악취가 난다.

그러다 보니 우리 사회에서 부작용이 곳곳에서 발생하고 있다. 250명의 어린 학생들이 희생된 '세월호 사건'은 부패할 대로 부패한 우리 사회의 단적인 모습을 드러냈다. 불법 개조와 절차를 무시한 관행, 형식적이고 안일한 관리 행태, 사이비 종교단체의 각종 비리, 수백 명을 배에 남겨둔 채 팬티 바람으로 구조되는 무책임한 선장, 재난 상황에서 혼란을 거듭하는 지휘체계… 그러는 사이 어린 학생들은 죽어 갔고, 위험을 무릅쓰고 이들의 시신을 수습했던 민간 잠수사와 군인도 희생됐다. 믿음과 인간애가 사라진 우리 사회에서 나타나는 부작용이 '세월호 사건' 하나뿐이겠는가.

발버둥을 쳐봐도 지푸라기 하나 잡을 수 없어 결국 벼랑 끝에서 온 가족이 동반자살을 선택하기도 한다. '삼포세대'니 '오포세대'니 하면서 청년들은 많은 것을 포기하며 살아가고, 하루 종일 일해도 한 달에 200만 원 벌기 힘들다. 하지만 국내 고급 외제차의 수요는 급등하고 일부 재벌들이 소유한 재산은 천문학적 숫자이다. 가난한 석·박사 시절을 견디고, 무명의 시간강사의 설움을 또 견뎌낸 교수들이 지도학생들의 슈퍼갑 권력자로 군림해서 물의를 일으키기도 한다. 어느 강사는 《나는 지방대 시간강사다》라는 책을 쓰고 청춘을 바친 강단을 박차고 나갔다. 대학은 학문을 위한 상아탑이 되지 못하고, 때로는 외국인 학생을 대상으로 장사를 하기도 한다.

가면 안에 감춰진 얼굴이 썩을 대로 썩어서 고름이 흐른다. 가면을 벗어 던지면 처음에는 악취가 진동하겠지만, 썩은 부위를 깨끗이 닦아내고 밝은 세상에 노출시킨다면 새살이 돋을 수도 있지 않을까.

제주에 내려와서 아는 선생님의 소개로 논술 강의를 시작할 수 있었다. 시작할 때 가르쳤던 학생 수는 여섯 명으로 얼마 되지 않았지만, 원장님이 3개월 후부터는 학생의 수가 늘어가는 조건으로 수강료의 60% 비율을 급여로 제시하셨기 때문에 흔쾌히 강의를 시작하였다. 원장님은 첫 만남에서 대충 이런 말들을 하신 것 같다.

"나는 혼자 잘 살기 위해서 학원을 세운 것이 아니에요. 같이 일하는 선생님들도 능력만큼 많이 벌어갔으면 좋겠어요. 장 선생같이 경력이 있으신 분이 제주에 내려와서 너무 좋아요. 내가 장 선생과 함께 일하려고 하는 것은 가족과 함께 제주에 내려왔기 때문이에요. 그리고 가족을 부양할 책임이 있기 때문에 60%의 비율로 급여를 제시하는 거예요. 우리 열심히 해봅시다."

원장님은 제주 출신이어서 많은 인맥이 형성되어 있었고, 내가 건강이 좋지 않은 점을 배려해 주셨기 때문에 제주 정착에 많은 도움이 될 것이라 생각했다. 처음에는 어려움이 많았지만, 안정적인 정착을 희망하며 열심히 가르쳤다. 무엇보다 원장님의 순수하고 인간적인 면이 좋아서 더욱 열심히 한 것 같다. 3개월이 지난 후 아이들은 많이 불어났고 첫 달 급여의 두 배를 받게 되었다. 가르치는 학생들이 늘어나자마자 원장님은 60%의 비율은 너무 많으니 50%의 비율로 급여를 책정했으면 좋겠다고 제안했고, 나는 단칼에 거절했다. 몇 개월 후, 주말 강의만으로 우리 가족을 위한 생활비를 벌 수 있을 만큼의 수준으로 학생 수가 늘었을 즈음에 원장님은 그동안 잠잠했던 급여조정을 일방적으로 통보하셨다. 50% 비율로 삭감하여 다음 달부터 지급한다는 내용을 사전 동의 없이 월급 명세서를 통하여 전달하셨던 것이다.

사실 원장님은 나름대로 이유가 있었을 것이다. 요통으로 시달리는 내 건강으로 인해 불안감을 느끼셨을 수도 있고, 내가 가져가는 소득에 비해 원장님이 얻는 실질적인 소득이 적다고 느껴졌을 수도 있었을 것 같다. 그리고 나에게 집중되었던 강의를 여러 선생님께 분산시켜 원장으로서 학원 경영의 안정화를 추구했을 수도 있었겠다. 하지만 처음 약속이 지켜지지 않고, 믿었던 원장님에 대한 실망감이 너무 커서 나는 학원을 그만두었다. 그때는 제주에서 외롭게 가족의 생계를 책임져야 했던 가장으로서의 절박한 심정 때문에 좀 더 여유를 갖고 유연하게 대처하지 못했던 것 같다. 시간이 지나면서 원장님에 대한 실망감보다는 제주에 정착하는 데 많은 도움을 주셨던 것에 대한 고마움이 더 크게 다가온다. 그러면서도 처음에 신중하게 약속을 하고, 그것에 대한 신의를 끝까지 지켜주셨다면 얼마나 좋았을까 하는 아쉬움이 가슴 한구석에 남아있기도 하다.

19코스
사진갤러리

19. 자유의 평등의 완성

무릎을 붙이고,

허리를 곧게 펴라.

두 팔을 벌리고,

거울을 바라보라.

영락없이 몸은 십자가가 된다.

살이 찢길 준비가 됐는가.

가시 면류관을 쓰고,

피를 흘릴 준비가 됐는가.

허리에 창이 찔리고,

물과 피를 쏟을 준비가 됐는가.

정치란,

십자가에 못 박히는 것.

십자가에 새싹이 돋아나고 꽃이 피는 날,

에덴동산에서

완성된 자유와 평등을 누리리라.

정치란 '사회 구성원의 갈등을 조정하고 사회를 올바른 방향으로 발전시키는 것'으로 정의할 수 있다. 이것을 실현하기 위해 국민은 투표에 참여해야 한다. 대통령 선거에 두 명의 후보자 A, B가 출마했다고 가정해 보자. A는 국가 경영 능력이 B에 비해 부족하다는 평가를 받고 있으나, 청렴한 도덕성을 객관적으로 인정받았다. 반면, B는 국가 경영 능력이 A에 비해 우수하다는 평가를 받고 있으나, 부패와 비도덕성으로 여러 번 여론의 도마에 올랐다. 이러한 상황에서 과연 우리는 어느 대통령을 뽑아야 올바른 선택을 한 것일까 고민을 하게 된다.

대한민국 17대 대통령은 투표율 63% 중에서 48.7%의 압도적인 득표율로 당선되었다. 국민들이 절대적으로 지지한 이유는 대한민국의 경제를 회복시킬 수 있을 거라는 기대와 희망 때문이었다. 하지만 그의 재임시절에 대한 좋지 못한 평가에 대한 기사를 많이 접하게 된다. 4대강 사업에 투자한 수십조 원을 회수할 수 없는 매몰 비용*** 으로 만들었고, 자원외교라는 명목 아래 국민의 혈세를

*** 매몰 비용이란 지불하고 난 뒤 회수할 수 없는 비용이다. 이미 지불한 매몰 비용은 선택으로 발생하는 비용이 아니므로 선택할 때 고려해서는 안 된다.

낭비했다는 등의 내용을 자주 접하게 된다. 또한, 취임 초기에 전 재산을 환원했다는 그는 임기 말 세곡동에 사저를 짓기 위해 거액을 들여 부동산을 매입했다가 여론의 뭇매를 맞기도 했다.

그는 당선이 확정되자마자 새로운 영어교육의 청사진을 대대적으로 발표하며 개혁을 예고했다. '몰입식 교육'이라는 명칭으로 각 학교마다 외국인 선생을 고용하게 하여 우리나라 영어교육의 패러다임을 바꿀 것처럼 선전했다. 그러나 임기 말년에 비용대비 효과가 없다는 결론이 내려져, 서울시 중·고등학교에 모든 외국인 선생은 퇴출당했다. 개발에만 500억 원이 넘게 투자된 국가영어능력평가시험(NEAT)은 몇 번 시행되지도 못하고 폐지되었다. 한 반에 30명, 40명을 몰아넣고 '몰입식 영어교육'이 되겠는가. 교육에 대한 기본 상식도 갖추지 못한 정치가들이 한 치 앞도 내다보지 못한 영어교육의 현실 속에서 우리 아이들은 늘 실험 대상이었다.

그는 여러 사업을 국민의 반대에도 불구하고 불도저처럼 밀어붙였고, 그에 대한 책임은 모두 국민의 몫으로 돌아오고 말았다. 그의 재임 기간에 많은 변화가 있었고, 많은 일들을 시행하였으니 물론 우리 사회에 기여한 부분들도 있었을 것이다. 그러나 이러한 사실이 모두 진실인지 아닌지 때로는 판단하기 어렵기도 하다. 우리는 미디어를 통하여 모든 사건들을 접할 수밖에 없기 때문에 미디어가 왜곡되는 순간 우리는 진실로부터 격리되고 만다. 하지만 대중은 항상 진실을 알기 원하기 때문에 언젠가 객관적인 역사의 평가는 이루어질 것이다.

사실 나는 정치에 관심이 많은 사람이 아니었다. 대학 때 동기들이 데모하면 먼발치에서 바라봤고, 개인적인 방황으로 인해 사회에 관심을 두지 않았다. 16대 대통령이 당선될 때, 나는 외국에 있어서 '노무현'이라는 사람을 잘 알지 못했다. 그냥 5공 청문회 때 인기가 급상승한 용기 있는 정치인 정도로 알고 있었다. 그는 재임 기간 동안 민주적인 절차로 사업을 추진하다가 이루지 못한 일들이 많았고, 심지어 선거법 위반으로 탄핵을 받기도 했다.

하지만 나는 노무현 전 대통령이 추진한 사업 중에서 절대적으로 지지하는 것이 몇 가지 있는데, 그 중에 하나가 '수도 이전'이다. 단순히 수도 이전을 지지했던 것이 아니라 서울에 집중된 부분들이 지방 거점 도시로 분산되어 대한민국이 균형 있게 발전할 수 있기를 바랐다. 서울은 정치, 경제, 교육의 중심지로서 천만 명의 인구가 밀집되어 살아가는 도시이다. 서울이 발전하고 성장하면서 지방 도시가 무너져 갔다. 지방의 거점 대학들이 경쟁력을 잃어버린 지 오래됐고, 젊은이들이 수도권으로 몰리면서 지방의 경제 상황은 악화됐다.

한 나라의 수도에 모든 것이 집중되는 현상은 세계에서 유래가 드물다. 서울은 휴전선으로부터 약 40Km 떨어져 있는데, 이는 전투기로 3분 이내에 도달할 수 있는 거리이다. 따라서 전쟁 발발 시 군사적으로 매우 위험한 지역이다. 지방의 거점 도시들을 중심으로 경제와 교육이 살아나고 서울은 그러한 도시 중에서 대표적인 도시로 자리매김하면 좋을 것 같다. 또한, 노무현 전 대통령이 추진했던 '전시작전통제권 환수'에 적극 찬성했다. 그의 연설에 따르면 1980년대부터 남한의 국방력이 북한을 역전했고, 근 20년간 북한보다 매년 10배 이상 더 많은 국방비를 소비하고 있다고 한다. 그럼에도 불구하고 미국에 의존해야만 북한을 상대할 수 있다는 것은 정치인들과 고위급 국방관계자들의 직무유기라고 할 수 있지 않은가. 스스로 자국을 지킬 수 있는 힘도 없으면서 무엇을 지킬 수 있겠는가. 구한말처럼 힘없이 중국, 러시아, 일본 사이에서 일엽편주(一葉片舟)의 신세로 나라를 잃어버리는 역사를 먼 미래에 되풀이하지 않을 것이라고 누가 장담할 수 있겠는가.

노무현 전 대통령은 통진당의 해산, 무상복지 신드롬, 부동산 버블 등의 부작용으로 비판받았고, 퇴임 후에 친인척들의 비리로 검찰 조사까지 받다가 안타깝게도 스스로 목숨을 끊었다. 그에 대한 평가는 아직도 호불호가 갈린다. 그가 무엇을 잘했고 못했는지 정확하게 평가할 수는 없지만, 기존의 관행을 개혁하고 새로운 비전을 제시했다는 측면에서 나는 노무현 전 대통령을 높이 평가한다. 세상은 원리원칙대로 돌아가지 않고 현실은 이상과 다르다. 하지만 치밀하고 꾸준하게 노력하면서도 포기하지 않으면 사회는 발전하고 우리가 바라는 것은 결국 이루어질 것이라 믿는다. 대한민국의 100년, 200년을 내다보고 비전을 제시할 수 있는 정치가가 우리 사회에 많이 나왔으면 좋겠다. 자신의 부를 축적하고 명예를 추구하기 위해 권력을 사용하지 않고, 교과서대로 사회 구성원의 갈등을 조정하고 사회를 발전시키기 위해 권력을 사용하는 정치인이 많이 나왔으면 좋겠다. 대한민국의 미래를 희망해본다.

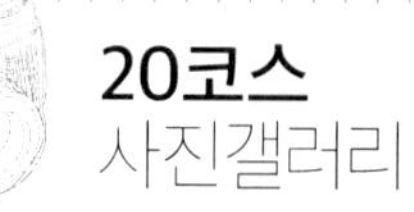

20코스
사진갤러리

20. 시인의 눈

누군가는 풍요로운 삶을 위해 시를 쓰라고 한다.
과거의 아픔을 드러내어 현재의 풍요로움을 논한다.
시를 쓴다는 것은 풍요로운 삶을 추구하는 것인데,
나는 시를 쓰며
붉은 피가 푸르게 솟아난 또렷함을 본다.
피부는 거칠고 푸석해 모공이 닫혀 숨 쉬기가 어렵다.
눈물처럼 식은땀이 난다.
토해낸 눈물을 피부는 흡수한다.
이러기를 반복하고 반복하고 반복하고 반복한다.
점점 핏줄은 솟아나고 뼈는 드러난다.
나는 한 그루의 나목(裸木)이 된다.
나목(裸木)에는 눈이 있다.
말라 비틀어져 땅으로 고개를 숙이고 있어도
눈은 하늘을 바라본다.
그리고 삶을 담은 눈으로 바라봐야 한다.

40대 중반을 걸어가고 있다. 이젠 앞뒤 재지 않고 무조건 달려가기 어려운 나이다. 하지만 새로운 도전에 대한 상상은 여전히 내 심장을 벌렁거리게 하고, 살아있다는 기분을 온몸으로 느끼게 한다. '태종 이방원'에 대한 나의 인식을 바꿔 놓은 팩션 드라마 〈육룡이 나르샤〉에서 배우 유아인과 신세경의 대사가 마음에 바람이 들게 한다. "살아 있으면 무엇이라도 해야지." 그래, 살아 있으면 무엇이라도 해야 한다. 이왕 무언가를 해야 한다면 남들이 하기 어려운 것을 하고 싶다. 고생을 하더라도 어려운 일들을 이루어가고 싶다. 쉬운 방법을 택하여 산을 오르지 않고, 밑바닥부터 땀을 뻘뻘 흘리며 혼자의 힘으로 정상까지 오르고 싶다.

길을 걷기 시작하면서 불가능한 꿈을 꾸고 싶었다. 10년을 넘게 학생들을 가르쳤으니, 교육에 대해 나름대로 생각을 정리하고 싶은 마음에 제주에 학교를 세우는 상상을 해보았다. 학교명은 '창조학교'로 창의력을 중점적으로 향상시킬 수 있는 '혁신학교'이다. '대안학교'라는 명칭은 마치 정규학교에 적응하지 못하는 학생들을 위한 '대안'의 개념이 포함된 것 같아서 '혁신학교'라 하는 것이 더 바람직하겠다. '창조학교'는 대학진학만을 중시하는 기존 입시교육에서 벗어나 학생들의 창의적인 예술성을 개발해 주는 것을 목표로

하며, 생활 체육과 실용적인 외국어 교육을 중요한 비중으로 편성한다. 구체적인 학교의 특징은 다음과 같다.

첫째, 학교는 문예창작과, 미술과, 사진예술과, 실용음악과 등으로 편재하여 학생들을 모집한다. 제주에는 많은 예술인들이 정착하여 창작활동을 하고 있다. 창작활동과 더불어 교육에 뜻이 있는 전문적인 예술인들이 창의적인 수업을 진행할 수 있도록 하며, 학생들은 선생님과 함께 예술 활동에도 참여하며 살아있는 경험을 체험할 수 있다.

둘째, 국어, 영어, 수학, 공통과학, 사회 과목에서 입시 위주의 수업이 아닌, 기초학문에 충실한 교육이 이루어질 수 있도록 한다. 국어는 문학과 비문학 관련 도서를 체계적으로 읽고 토론과 글쓰기 위주의 수업을 한다. 영어는 문법 중심의 수업이 아닌, 외국어로서의 영어(ESL)교육을 한다. 중·고등학교 6년 동안 영어 공부를 해도 영어로 대화할 수 없는 죽은 교육이 아니라 일정 수준의 영어를 듣고, 말하고, 읽고, 쓸 수 있는 교육이 이루어져야 한다. 이러한 목표를 달성하기 위해서 반인원이 15명을 넘어서는 안 되겠다. 공통과학과 사회도 시험을 위한 암기 위주의 수업이 아닌, 자연 현상과 사회 현상을 이해할 수 있는 교육이 이루어지도록 편성한다.

셋째, 생활 체육을 매우 중요하게 여기며 체계적이고 전문적인 훈련을 받을 수 있도록 한다. 학생들은 건강과 체력단련을 위해 평생 즐길 수 있는 종목을 선택하여 꾸준히 훈련할 수 있다. 수영, 테니스, 배드민턴, 태권도, 농구, 축구 등의 종목을 선택할 수 있는데, 학교에서 모든 시설을 갖추기 어려우니 종합체육관이나 사설기관을 단체로 이용하면 비용 면에서 많이 절감할 수 있겠다.

넷째, 우리나라에서의 대학 진학을 완전히 포기하는 교육이 아니므로 평가는 일반학교와 같이 점수제로 하되, 반드시 배운 범위 안에서 시험 문제가 출제되어야 한다. 또한, 2년 동안은 대학진학을 위한 수시 준비와 수능 시험 준비에 집중한다.

이러한 혁신교육을 받은 학생들은 기존의 공교육을 받은 학생들보다 미래에 경쟁력이 있고, 대입수시와 수능 시험에서 결코 뒤지지 않을 것이라 확신한다. 아침부터 밤까지 학교 교육과 학원 수업으로 혹사당하는 아이들보다 입시의 대한 부담 없이 튼튼한 체력을 바탕으로 창의력 개발과 기초 학문에 충실한 아이들이 2년간 집중적으로 입시를 준비하면 대입 시험에 더 우수한 성적을 낼 것이다. 또한, 모든 것이 학교에서 이루어지니 아이들이 이중으로 고생하지 않을 뿐만 아니라 가게에서 지출하는 평균 교육비를 줄일 수도 있다.

그러나 이런 혁신학교를 설립하는 것은 현실적으로 불가능하다. 그 이유는 아이러니컬하게도 자식의 미래를 가장 걱정하는 '대한민국의 어머니' 때문이다. 초등학교 때부터 입시교육의 현장으로 자녀를 몰아넣어야 마음이 놓이는 '대한민국 어머니'는 주 7일 동안 빽빽하게 스케줄을 짜서 옆집 아이보다 더 좋은 학원과 더 좋은 선생님을 붙여줘야 자식을 위해 최선을 다하는 것이라 여긴다. 그러면서 아이들은 진리, 우정, 나눔, 배려, 꿈 등의 정신적 가치의 중요성을 인식하지 못한 채 학벌, 돈, 성공 등의 물질적 가치만을 추구하게 된다. 아이들은 더 이상 아이들이 아니고 미래에 더 많은 물질적 가치를 생산할 수 있는 기계로 전락하며 사람의 생기를 잃어가고 있다. 결국 아이들의 도피처는 스마트폰 게임이 됐고, 이 사회 구석구석에 박혀있는 학벌 인식과 기득권층이 누리는 특권은 학교를 배움의 현장으로부터 멀어지게 했다.

실시간 정보 교환이 가능하고 문명이 급속도로 발전함에 따라 우리는 더욱 고독하게 되었다. 어느 게스트 하우스에서 나오는 다섯 명의 친구들은 제각기 자기만의 공간을 유지한 채 한 손에는 여행자 가방을 끌고 나머지 한 손은 스마트폰을 연신 눌러댄다. 그렇게 걸어가는 모습이 고독해 보였다. 그날 저녁에 아들은 스마트폰 게임을 하고, 아내는 스마트폰으로 요리 정보를 찾고, 나는 스마트폰으로 페북에 찍은 사진을 올렸다. 우리는 그렇게 기계와 친밀한

관계를 맺으며 잠자리에 들었다. 그리고 교육에 대한 불가능한 꿈을 꾸었다. 누군가 그 꿈을 이루어주길 바라며 이제 나는 잠에서 깨어나기로 했다. 길을 걸으며 생각하고 또 생각했다. 올레길 완주를 눈앞에 두고 앞으로는 불가능한 꿈을 꾸지 않기로 했다. 끝까지 포기하지 않고 도전해도 이 세상에는 내가 할 수 없는 일들이 많다는 것을 인정하게 됐다.

21코스
사진갤러리

21. 바닷길

넘실대는 파도를 마음으로 바라보면 바다에도 길이 있다. 길을 따라 걷다 보면 꿈속으로 빠져든다. 구슬픈 이별의 물거품으로 사라져 버린 보랏빛 노래가 들린다. 뱃사람의 제물로 팔려간 여인은 등대가 되어 어두움을 비춘다. 사투를 벌이며 지키려 했던 청새치는 뼈마디를 드러내고 떠있다. 두 다리를 전쟁터에서 잃은 일등 항해사는 태풍 속에서 바람과 화해한다. 밟으면 낭떠러지로 떨어질 것 같지만, 바다에도 길이 있다. 종이배는 동해에서 아슬아슬 꿈속으로 길을 떠난다.

온몸이 날아갈 것처럼 강한 바람이 부는 날에 길을 걷다가 가로수의 이파리들이 하나도 떨어지지 않는 것을 발견하며 놀란 적이 있다. 나무가 송두리째 뽑힐 것처럼 세차게 바람이 불어도 이파리들은 이리저리 춤을 추다가 다시 제자리를 찾는다. 생명을 유지하려고 사력을 다해 가지에 매달려 있는 이파리를 손으로 뜯어보았다. 이파리는 쉽게 뜯기지 않고 결국 나무에 생채기를 내서야 떨어져 나온다. 모진 비바람을 견뎌내며 생명을 이어온 것은 나무만이 아닐 것이다. 고기를 잡으러 바다로 나간 남편과 아들이 돌아오지 않고, 물질을 간 엄마가 시체로 발견되고, 4·3때 한 마을 주민들이 통째로 사라지고, 가난에 굶주리고… 제주인들은 근·현대에 이르기까지 숱한 고난을 견디며 살아왔다. 그들의 고귀한 삶에 대한 몸부림에 나는 겸손히 머리를 숙이지 않을 수 없다. 아름다운 자연과 더불어 견뎌온 제주인의 생명력을 존경한다.

나는 우리 가족의 정신적인 고향이 된 제주의 아름다운 자연을 사랑한다. 제주는 청년시절에 나 홀로 여행의 시작점이었고, 오랫동안 그리워했던 마음의 쉼터였다. 또한, 삶의 전반전에서 앞으로만 질주하다가 후반전으로 돌아서는 전환점에서 숨을 고를 수 있는 휴식의 공간이었다. 올레길을 걸으며 마음에 입은 상처들이 아물었고, 통증에 시달렸던 허리에 힘이 생겼다. 뜨거운 태양 아래 땀을 뻘뻘 흘리고 떨어지는 빗방울을 맞으며 과거를 돌아볼 수 있었다. 그동안 견디기 힘들었던 제주의 바람은 온몸으로 파고들어 마음에 바람을 일으킨다. 가만히 눈을 감고 내 삶의 후반전에는 어떠한 풍광이 펼쳐질지 그려보니, 심장 박동이 빨라지고 피가 혈관을 타고 도는 것을 느낄 수 있다.

제주의 6월은 매일 매일의 기온차가 심하다. 어느 날은 20도 내외로 바람이 많이 불 때도 있고, 어느 날은 30도를 오르내리며 한여름 못지않게 태양빛이 강렬할 때도 있다. 땀을 뻘뻘 흘리며 걷고 있는데 그늘에서 한 청년이 신발을 벗고 잠시 쉬고 있었다. 밝게 웃으며 인사를 하기에 그 청년 옆에서 나도 잠시 쉬어가기로 했다. 그는 28살의 청년으로 3일 동안 제주공항에서부터 걸어오는 중이었다. 눈이 맑은 친구였는데, 걷는 내내 이야기꽃을 피우며 즐겁게 걸을 수 있었다. 그는 신학대학을 졸업하고 교회에서 전도사로 있다가 최근에 사임했다고 한다. 목회를 그만둔 이유를 물어보니 정말 하고 싶은 일이 생겼기 때문이란다. 성우가 되기 위해 아카데미에 다니고 있으며 경제적인 필요를 채우기 위해 아르바이트를 하고 있다고 말했다. 교회에서 전도사로 있을 때는 잘 몰랐는데, 사

회에 나와 보니 사람들이 왜 한국을 '헬조선'이라고 하는지 뼈저리게 느끼고 있다고 한다. 지금까지 살아오면서 언제가 제일 좋았냐고 물어보니 성우가 되기 위해 준비하고 있는 요즘이 가장 행복한 것 같다고 말하며 웃는다. 올레길을 걷기 시작하면서 나는 불가능한 꿈을 꾸고 싶었다. 그러나 완주를 거의 눈앞에 두고 불가능한 꿈보다는 내가 정말 무엇을 하고 싶어 하는지 곰곰이 생각하게 된다.

도전하고 싶은 것이 너무 많다. 아무런 도전을 하지 않고 살아간다는 것은 그냥 죽기만을 기다리는 것과 무엇이 다른가. 건강하고 젊다면 히말라야 산에 올라 호연지기를 느낄 수도 있겠다. 가끔은 기약 없이 여행하며 사람들이 살아가는 모습을 보는 것도 괜찮을 것 같다. 세상에서 가장 높은 번지점프대에서 뛰어내려 보는 것도 잊지 못할 추억이 될 것이다. 사랑하는 사람들과 함께 호주의 해안도로를 타고 한 바퀴 도는 것은 어떤가. 아니면 미대륙을 횡단하는 것도 좋지 않은가. 만리장성에 오르면 대장부가 된다는데, 아프리카 희망봉에 오르면 어떤 기분일까. 알래스카에서 오로라를 보면 무슨 생각이 떠오를지 궁금하다. 도전하고 싶은 일들이 너무 많다. 자유롭게 살기 위해 도전하고 싶다. 사랑하는 사람들을 행복하게 해주기 위해 도전하고 싶다. 시인으로서의 천명을 거역하

지 않고, 세상을 객관적으로 바라보고, 창조적으로 생각하며, 감동을 주는 글을 쓰려고 도전할 것이다. 이 책을 독자들이 볼 때쯤이면 나는 대한민국을 벗어나 캐나다 몬트리올에서 또 다른 도전을 시도하고 있을 것이다.

올레길을 걷기 시작하면서 나는 불가능한 꿈을 꾸고 싶었다. 그러나 완주를 거의 눈앞에 두고 불가능한 꿈보다는 내가 정말 무엇을 하고 싶어 하는지 곰곰이 생각하게 된다.

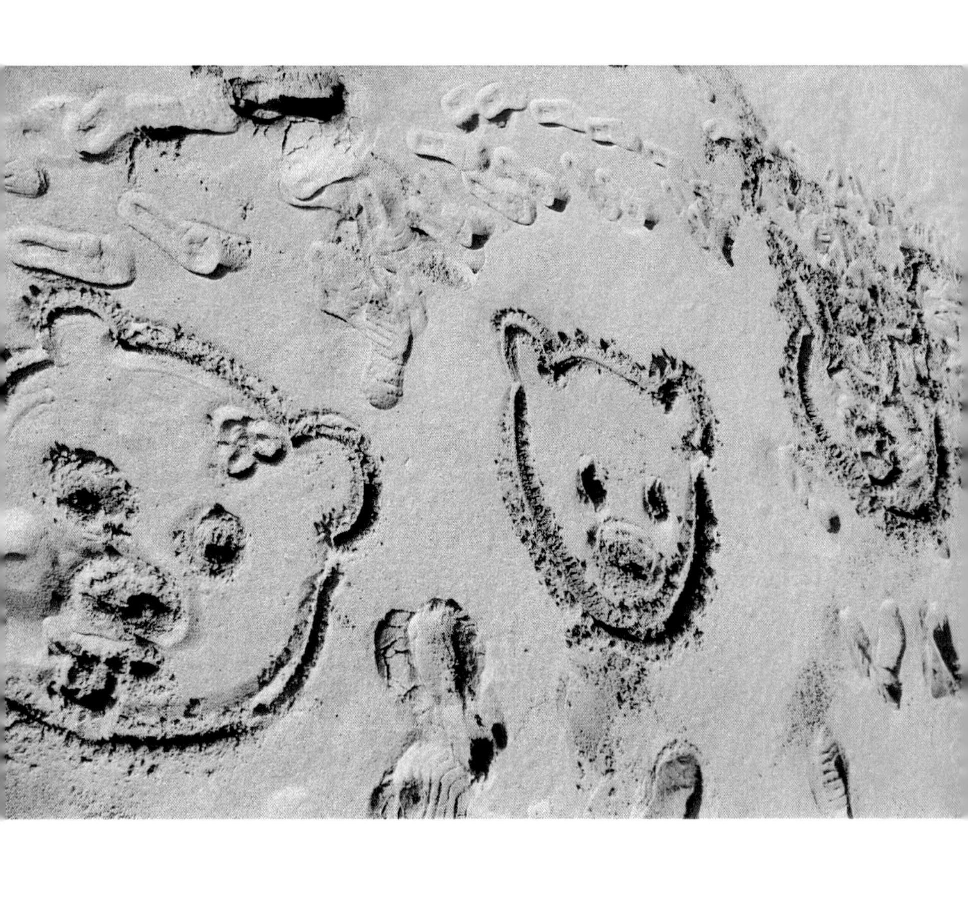